간절기

시와함께(Along with Poetry) 시인선 029

간 절 기

이무권 시집

시와함께 넓은마루

| 시인의 말 |

시간의 주름

짧지 않은 삶의 길을 걸어왔다고 생각했는데 돌아보니 기억의 잔고는 그리 넉넉한 편이 아니다. 시간의 등속성과 평면성을 벗어난 지점만이 내 삶의 의미로 접히고 구겨진 모습으로 남아 있을 뿐이다. 그 주름의 몇몇을 펼쳐 언어의 외피를 입혔다. 간결한 춤사위쯤으로 예상했는데 아무래도 하산 길 맥 풀린 발걸음 같은 산문이다. 에둘러 말 못하는 천성이기도 하지만, COVID-19의 팬데믹 현상에서부터 젠더의 정체성이나 인간의 지능과 그 지능이 만든 또 다른 지능과의 갈등까지 혼효混淆와 천박舛駁으로 나뒹구는 문화의 간절기를 살아가는 시인의 유통언어가 함축과 생략의 절제된 언어일 수만은 없다는 변명이 가능할지 모르겠다. 감성은 둔화되어 가는데 사변만 늘어나는 늙은 시인의 짜증과 잔소리라는 게 더 솔직한 고백의 헌사가 되겠지만, 자폐의 방백傍白만은 아니라고 떼쓰고 싶은 솔직한 심정이다.

이제는, 뱉어낼 듯 뱉어낼 듯 몇 번의 머뭇거림 끝에 비로소 터져 나오는 말더듬이의 첫음절 같은, 절실한 절제의 언어로만 노래하자고 다짐해 본다. 그런데, 앞을 바라보니 막다른 골목길 담벼락이 눈썹 끝에 걸려 있다. 그래도 이마를 부딪칠 때까지는 음치의 한계를 즐겨야 할 것 같다. 청중의 박수까지는 기대하지 않지만 잠시라도 멈추어 서서 듣는 척이라도 해주면 고맙겠다.

2023년 6월 이무권

| 차례 |

제2부 후유증

제3부 예수현상학

제4부 COVID-19 斷想

제5부 불순한 유혹

제1부

임계의 언어들

한로 지나고

바랭이 떼지어 누운 더미에 기대
틈새 비집고 웃자란 벌개미취, 기웃이
지구의 외피를 흔들고 있다.
개구리 쫓던 뱀도 보이지 않고
목련 나뭇가지 끝 직박구리 한 마리 갸웃갸웃
겨울나기 걱정에 목이 쉬었다.
아무런 작위도 없이 마무리되어가는
빈 뜰이 오늘따라
더 휑하니 하품하는 짬
갓 피어난 감국 꽃잎 위에 웅크리고 있던
이슬방울이
처음 만난 햇귀에 안겨 전희前戱도 없이
몸을 푼다.

노을

어느 장례식 행사에 갔다가 오후 늦게
전세 버스 편으로 돌아오는 길
고속도로 휴게소에 내려 돌아다본 하늘
노을에 젖은 겹겹의 주름으로
빛깔의 농담濃淡마저 제멋대로인 구름 조각들이
한 폭의 채색화를 마름질하고 있다.
제 얼굴 가리는 먹구름까지 물들이는
저 석양의 여유, 아무쪼록 아픔마저
웃음으로 엉너리치며 헤픈 듯 돌아설 수 있는
내 삶의 저무는 정경도 저럴 수 있을까?
차 떠난다는 채근에도
서쪽 하늘만 바라보고 섰다.

야간열차에서

낮을 지운다.
위확장증胃擴張症 탓일까, 먹어도먹어도 밀려오는 허기
한순간도 나와 함께한 적 없는 타인의 욕망 속 유영遊泳
너무 많은 피사체로 제 자리를 잃은 눈길[視線]의 절망
낮이 그리던 허상들을 접고
제천행 1627호 야간열차 차창이 불러들이는
어둠 속 빛의 점멸들,
남도한정식, 강변해물탕, 횡성한우스테이크, 아지매순대국, 할머니동동국수
아싸노래방, 태국식마사지
행복호텔, 낙원모텔, 그리고
끝없이 이어지는 진홍빛 십자가들,
먹고 즐기고, 쉴 공간
숙면을 보장하는 안식의 잠자리
이생은 물론 저세상의 구원까지
저토록 가까운데, 저리 많기도 한데
나는 왜 낮의 잔영들을 지우지 못하고

가없이 흔들리고 있을까,

청량리역에서 동화역까지

밤 8시부터 9시 사이.

삶

어느 날 내가
하늘나라에서
나를 지구라는 행성으로 보내신 분과
한 생의 지나온 이야기를 나눌 시간이 주어진다면
그분은 아마도
내 가장 어리석었던 순간의 이야기를 무척
재미있어하실 것 같다,
고향 생각할 때면
가장 따뜻하게 와 닿는 기억이, 모두
어린 날 못난 내 모습이듯.

정직하고 영리하게, 내 딴엔
가장 올바른 판단이라고 자부하며
나누고 잘라 온 메지메지
꿀밤 하나씩 먹이실 듯도 하고,

마당귀에 찾아온 옆집 강아지 두 마리

분양해간 여섯 형제자매 소식을 아는지 모르는지
싸우듯 간질이듯 뒹굴며
오후의 가을 햇살을 즐기는 모습을, 단 하나
이 땅이 존재할 이유라도 되는 양
내게 일부러 보여주시는 것 같다,

잘살려고 아등바등 겯고틀지 말고
그때그때 걸어가는 길 따라
길섶에 핀 쑥부쟁이도 꺾어 보고
방아깨비 뒷다리도 집어 가며
함께 걷는 사람 더불어 즐기다 보면
잘 살았다 박수도 받게 되지 않겠냐고,

삶은, 그려진 그림 따라 걷는 길이 아니라
걷다 보면 그려지는 그림, 그런 유희라고.

소처럼

황소가 지붕에서 내려오지 못하고 있다,
홍수에 떠내려가다가 엉겁결에
올라앉은 자리에서.

어디 물뿐일까?
우리가 좋아하는 모든 것들이
홍수의 덫인 것을,

돈, 권력, 사랑, 명예…, 오를 줄만 알고
내려올 줄 모르는 사람들,
저들을 도울 기중기는 아직
만들지 못하고 있다는 소식이다.

그런데 문득
발밑의 내 선 자리가 흔들리는 낌새다.
남의 지붕만 쳐다보며 즐기다가
때를 놓친 건 아닐까, 혹시?

손톱을 깎으며

손톱을 깎는다,
오른손으로 왼손 손톱을,
왼손으로 오른손 손톱을.
오른손은 수십 년 숙련된 솜씨로
일 처리가 아주 매끄러운데
왼손은 내 특유의 내향성 손톱 곁 생살을 잘라
피를 보는 일이 열에 서너 번이다.

내 탓, 네 탓 말 많고 탈 많은 세상에
일 잘하는 오른손과
무능한 왼손이 한 몸이라는 게, 참
다행이다.

분수

찐 고구마를 먹는다.
껍질째 먹는 게 몸에 좋다는 등쌀에
억지로 따라 해보는데
입안에서 겉돌며 삼켜지질 않는다.

어려서부터 한 번도
사과를 통째로 베어 문 적이 없고
아무리 미세한 생선 가시라도 그대로 삼키지 못해
하나하나 발리느라
제대로 밥을 먹지 못하던
내 타고난 보추없이 지질맞은 본새
이웃집 할아버지조차 한마디 거드셨다.
"저놈 잘살기는 아예 글렀네.
세상에 가시 없는 돈이 어디 있고
껍질 없는 벼슬이 어디 있나?"

어둑어둑 초겨울 저녁

함께 늙어가는 아내랑 단둘이 마주 앉아
고구마로 대충 때우는 한 끼가
희수연喜壽宴 잔칫상만큼 넉넉하고
욕탕에 알몸 맡긴 듯 편안하다.

어떤 실종

전원을 끄고
촛불을 켰다.
그믐밤이 까치발로 다가와
거실 창문을 들여다본다.
끝없이 이어지던 낮의 욕망이
촛농 속으로 녹아드는 사이
낮에서 돌아온 내가, 조속조속
퍼질러 앉은 채 졸고 있다,
마음 또한 몸까지 존재 너머 아득히
흔적 하나 없이 지워버릴 수 있을 것 같은
찰나의 법열

발바닥

발바닥에 물집이 잡혀 걷기가 힘들다.

아무 데도 못 가게 못 박아 묶어둔
예수의 발바닥은,
이천 년 넘도록 온 세상을 누비고,

이레 만에 찾아온 가섭에게
관 속 싯다르타가 내보인 전심傳心의 표징表徵이
손이 아니라 왜 두 발이었을까.

아득한 화두 하나 저벅저벅
내 정수리를 밟고 지나가는 사이, 언틀먼틀
지금까지 내 발에 밟힌 길들이 한꺼번에 일어서서
나를 덮친다.

물집 터진 발바닥은 오히려 멀쩡한데
등짝엔
진물이 흥건하다.

손이야기

철조망이나 가시덤불에 가끔
개구리나 방아깨비들이 걸려 있는 모습을 본다.
때까치 겨울 양식으로 대관령 덕장에 명태 말리듯
오래 두고 먹을 양으로 말리고 있는
그들 나름 덕장이다.
어치나 곤줄박이도
도토리, 잣 따위를 땅 밑에 저장해두고
겨울 날 채비를 한다는데, 오직
부리 하나로 낟알 네다섯 개씩
목에 담아 나르는 양으로 한철 나기는
변두리 저소득층 서민만큼 어려울 듯하다.

새들도 마음대로 쓸 수 있는 손이 있다면
한꺼번에 대량으로 저장할 독점의 곳간도 짓고
실물 없는 낙엽화폐라도 긁어모아
은행 같은 만능의 성채도 쌓고
부익부빈익빈의 또 다른 신화를 썼을까.

아무리 생각해도
직립으로 두 손을 마음대로 쓰게 하신
창조주의 사람 만들기는
너무 성급하셨던 것 같다.

가야고분군伽倻古墳群 앞에서

이천 년 만에
지구의 정수리에 지은
알집이 터졌다.
줄탁啐啄의 엇박자에
할아버지의 할아버지들의 꿈이
우화羽化의 때를 놓치고
후손들의 탐욕과 어리석음이 가한
성급한 삽질에
상흔만 질펀하다.

천년이 지나고, 또 몇 번의
천년이 지난 뒤, 어느 날
불사의 가시나무새 그 화려한
부활을 꿈꾸었는데
롯의 아내일까,
경문왕의 복두장幞頭匠일까,
보고 싶고 말하고 싶어

할아비 근본까지 들추고 있는
손자들은?

오늘의 엄숙한 제의가
내일의 섣부른 호기심으로 전화轉化하는
시간의 해찰이 얄망궂다.

폐사지에서

절집은 오래전 소신공양으로 날려 보내고
머리 잃은 부처의 몸통만 질펀히 누워
해해탈탈解解脫脫, 생각 없이
열반을 즐기고 있다.
비비유상 비비무상非非有相 非非無相
있지 않은 것도, 없지 아니한 것도 아니라는데
내 눈에는 썰렁한 빈자리만 개념 없이 넓기만 하다.

우리 할머니의 할머니 염주깨나 닳도록 빌던
합장한 두 손바닥 사이
이름도 모르는 손자의 손자인 나까지 수습된 일이라면
절집 대웅전 기와 몇 장은
내 척추 어딘가에 옮겨 앉아 있을 것 같은
오늘 이 발길의 인연을 생각하며 돌아서는 길

멀찌감치 뻐꾸기 독경 소리가
죽비마냥 뜬금없다.

간절기

숨어 있던 별들이 밤의 보폭에 맞춰 얼굴 내밀 듯
철든 코스모스 꽃망울이 하나둘 깨어난다.
개미취 긴 허리가 꺾인 채 보라색 웃음을 날리고
사마귀 암컷의 배가 만삭으로 부풀어가는 어름
우화羽化의 기미도 없이 잠자리 떼 높이 날아오른다.
계절의 경계를 주름잡는 아무의 속셈도 없이
저체온증 아침이 바르르 떨고, 멈칫멈칫
어정대는 여름의 뒷덜미가 비에 젖는다.

개천절 아침에

쑥을 먹었다. 때로는
아리고 매운 생마늘도 먹고.

한 철을 동면으로 보내는
곰들의 지혜를 배우며
사람으로 사는 돌담을 쌓아왔는데
날카로운 발톱과 포식자의 이빨, 호랑이의
야성은 버리지 못했다.

오늘도 하늘은 열리는데
사람이 되지 못한
사람의 허울들만 넘쳐나고
새 하늘은 아직
예고도 없이 지연되고 있다.

임계의 언어들

우리말사전을 뒤적이다 문득, 이 두꺼운 책은
제 안에 품고 있는 말들의 온도와 질량을, 어떻게
참아내고 있을까 대답 없는 질문만 하다가
책장을 덮는다.

아낄 줄도 모르면서, 감히
낭비할 엄두조차 못하는 말들 앞에
속절없이 갇혀 있는 나,

너무 아파서
너무 무거워서
말더듬이처럼 더듬거리다가, 끝내
내뱉지 못하고 주워 담는 몇 마디 말들

어머니란 말,
사랑이라는 말이, 더욱
그렇다.

여름나기

피부과병원엘 다녀왔다.
모기, 나나니벌에 정체도 알 수 없는 벌레들까지
여름이면 물리고 덧나는 체질, 근질근질 긁적긁적
사람들의 눈길마저 부담스러운 민망한 몸짓
빼앗긴 것 없이
후유증만 큰 이 한철 나기의 악순환
원한다면 그들이 평생 먹고도 남을 만큼
채혈이라도 해서 전해주고 싶은데
그 뜻 주고받을 언어가 없다.

통역 없이도 알아들을 만한
같은 말을 하면서도, 늘
갑과 을로 구분되는 무한 연쇄의 관계 속
뜻을 달리하는 사람들 언어의 갈피
최저임금을 정하고 세율을 조정하는 자리
소통 가능한 보편적 언어는, 역시 여기서도
쉽게 찾아지지 않는다.

큰 손해 없이 나누어주어도 될 잉여剩餘의 혼돈
또 다른 삶의 생존 분량
더하고 빼는 셈마저 서툴러, 애꿎은
뒷머리만 긁어대며
초복 지나 중복의 문턱을 넘는다.

생일

어머니 앞에 섰다.

무심코 지나던 서재
지금 내 나이쯤에 머문 어머니가 웃고 계신다.
일흔일곱 해 지난 내 밑절미
탯줄에 이어져 있던 나를 떼어내며 아픔을 깨물던
그날의 기대와 염려가 주름살마다 가득하다.

그때부터 나는
외길 위를 걸어왔고, 어느 날
그 길 위에서 멈출 것이다,
방향만 있고 정처定處 없는
길 위의 어느 한 지점에서.

마흔 근 남짓한 살덩이와
한 줌도 되지 않는 아집과 편견으로 오그라든
내 마음보 한 냥 하고 서너 푼쯤

사랑할 줄 모르면서 사랑하고
미워하는 줄 모르면서 미워해 온
나를 스친 사람들 마음밭에 심어준 잡초들이 웃자라
길섶만 휘휘한데,

걷는 일에 푹 빠져
멈추는 일은 생각도 못 했는데, 어느덧
생일상이 제사상으로 오독誤讀되는
섬망譫妄의 아침이
예사롭게 스쳐 지나온 풍경이듯
낯설지 않다.

관람석에 앉아

편들지 않고 보는 경기만큼
재미없는 일도 많지 않다.

하다못해
박항서 감독이라도 있는
베트남 축구쯤은 되어야
시청할 마음이 내킨다.

태극기가 국기 노릇을 못 하고
촛불이 조명의 구실을 잊어버린
광장의 사람들이 연출하는
제 몫 챙기기 굿판의 실황중계
그때마다 채널을 돌리는데,

구경꾼 없는 굿판만큼
실없는 무당도 없는 법, 제발
저 삼류 배우들의 저급한 연출을

모든 매체에서 지워버리면
관람석 호응도의 착각에서 벗어난 그들도
무대에서 내려오지 않을까.

어느 누구의 독점물도 아닌 민주주의
저마다 제 것이라고 벌건 대낮 광장에서
공유물을 날강도질 하는 兩心의
자칭 良心꾼들을 무대에서 내려오게 하려면, 우선
구경꾼부터 슬그머니 빠져나와
관람석을 통째로 비워야 할 것 같다.

미안하다

헤어질 때가 되면 작별 인사를 해야 할 텐데
'미안하다'는 말밖에
마땅히 떠오르는 말이 없다.

덕석이든 멍석이든
내 삶의 한자리를 스쳐간 이들 모두에게
내 성마름과 게으름, 그리고 진정을 다하지 않았던 모든 일들,
되갚아주고 싶었던 지극한 아픔까지도 돌아보면
내 아집의 부스러기들
미안하다는 말 한 마디로 다 씻을 수는 없겠지만.

빗물이
계곡의 돌들을 굴리고 모래를 씻어 나르거나
강섶 초목들을 쓸어가는 일이
본의가 아니었다고 항변하지 않듯이
나로 인한 범람氾濫을 변명할 생각은 없다.

그 가운데도 가장 마음 쓰이는 한 사람
그는 바로 나다.

열세 살 소년의 꿈을 삼켜버린 일에서부터
하고 싶은 일,
가고 싶었던 곳,
놀고 싶었던 시간,
사랑하고 싶었던 사람,
내가 나의 가장 두터운 장벽이었음을, 이제는
고해해야 할 것 같다.

'미안하다.'
또 다른 생애가 주어진다 해도
헤어질 땐 늘
이 말만 되풀이할 것 같긴 하지만.

망각에 대하여

나날이 건망증이 심해 간다,
저쪽의 삶을 살려면
이쪽의 기억을 잊어야 하는 듯.
이삿날이 가까워지고 있다는 조짐일까.

사랑을 잊어야 사랑을 할 수 있고
미움을 잊어야만
사람들 틈에 끼어들 수 있을 터, 그런데
하지 않은 일로 뭇매를 맞고
하지 않은 말로 이빨 없는 입술로 씹히던 순간들은
아침나절에 본 참사 현장보다 더 뚜렷하게 눈에 차고
그날의 새롱거리던 말들은
광화문이나 용산의 확성기 소리만큼 귀에 찬다.

다음 생에도
내 삶은 평탄치 않을 것 같은 불길한 예감이다.
이쪽의 기억을 잊지 않았다는 이유로 다시 쫓겨나

어느 가난한 삼류시인의 아들이나 딸로 태어나서
세상 모든 잘못이 내 탓이라고 짓는
그 위악僞惡의 표정이나 익히며 살 일이, 참
불안하다.

제2부

후유증

악수握手

치과병원 수술실 의자에 앉아
마취된 윗입술 만나는
아랫입술의 예상치 못한 이물감異物感만큼
만날 때마다 잡는 손이 거북한 사람이 있다.

환히 웃으며 내미는 활짝 편 손바닥이
왜 내 눈에는
양날 벌리고 달려드는 가위로 보일까.
잡히면 금방 잘려 나갈 것 같은 느낌에
손 내밀기가 약약하다.

투박하고 커다란 손에 잡히면
내 작은 손은 거세라도 당한 양
우방이라는 이름으로
작은 나라 식민지 다루듯 하는
어떤 나라 대통령의 독선만치, 말 그대로
속수무책이 된다.

선거철이 다가오고
너털웃음의 엉너릿손이 춤을 추기 시작하면
내 작은 손은
승용차 사물함에 감추어두고 다닐 방법
창조주께 한번 여쭈어볼 일이다.

후유증

뜨거운 욕탕에 찌뿌듯한 몸을 맡겼다. 잠시
체온과 수온의 갈등 끝에
노사 간이나 정치꾼들 협상보다는 아주 빨리
최적화 온도의 접점을 찾아
몸 스스로 화해를 한 모양이다.

참 편안하다.

물속인지 이불 속인지 분간도 못 하고, 설핏
잠이 들었다.
어머니 뱃속이 이러했을까.
태어날 때 울었다는 내 울음의 곡절이
짐작되는 대목이다.

혼자서 남의 눈치 볼일 없던 어머니 뱃속에서
70억 쌍둥이가 득실거리는
우주의 자궁 속으로 쫓겨나던 날

얼마나 놀랐으면 한 해가 지나도록
실어증을 앓으며
일어서지도 못했을까.

그때 너무 놀란 탓일까.
나는 지금도 사람 많은 곳에 가면 불안하고
남들이 울면 공연히 따라 우는
평생의 고질을 고치지 못하고 있다.

오늘 아침엔,
알지도 못하는 어느 아파트 경비원이
차별의 폭력을 견디다 못해 스스로
세상 밖 여행길 나섰다는 소식에
손수건이 반나마 흥건해졌다.

속무俗舞

가을걷이 끝내고
동제洞祭라도 지낸 뒤끝인지
마을회관 앞마당이 질펀하다.
잠자던 무쇠솥이 깨어나고
동맹東盟, 무천舞天의 신바람이 불어오고
구지봉龜旨峰이 들썩인다.

규칙과 형식의 얼개가 풀리고
체면과 가식이 잠시
이웃 동네로 마을간 사이,

먹고, 마시고, 춤추고,
사는 일은 단순할수록 좋고,
어차피 함께 살아야 할 이 땅
둘보다 셋이 좋고
많으면 많을수록 더더욱 신나는 일 아니냐고,

평소 오가지도 않던 사람에 이끌려

억지로 일어선 내 양팔이

체신도 없이 우줄우줄

어느 정치인 여론조사 지지율 흉내 내듯

대중없이 오르내린다.

낙엽

놓아버리면 가볍게,
아주 가볍게
떠날 수 있을 줄 알았다.

촉촉이 젖은 대지와
새벽이면 온몸을 덮씌우는
하얀 중력

뛰어봐야,
어느 분 손바닥이라 했던가. 아무래도
내가 돌아가야 할 곳은
거기밖에 없나 보다,
내 생겨난 처음 그 자리.

팽형烹刑

새벽 샤워 시간
귀뚜라미 한 마리가 욕실을 부산하게 오간다. 마침
틀고 있던 온수로
그 생명의 약동躍動을 멈추게 했다.
풀밭에서 만났으면
사이좋게 잘 놀았을 한나절 친구
사람의 영역을 엿본 죄로, 제 딴엔
억울한 죽임을 당했다.

줄기세포다 인공지능이다, 이미
신의 마당을 찬탈한 인간
목축이랑 곡물 재배 지역의 확장조차
지구가 뜨거워지고 있는 빌미라고 하는데
우리 아들의 아들들이
욕실의 귀뚜라미가 되는 그림이 눈앞에 다가와
아침상에 차려진
쇠고기 장조림으로 향하던 젓가락이 무춤무춤
부메랑의 궤적으로 되돌아온다.

게으름의 미학

창문 열면 날아오르는
새 떼의 당혹

뒷마당에 접한 내 침실 창밖에는
제멋대로 자란 갖가지 잡초
그 결실의 계절에 때맞추어
새 떼의 가을걷이가 한창이다.

저들이 정작 주인 같아서
나는 집주인 행세를 포기하고
새들의 눈치를 보며 창문을 여닫는다.

내 게으름을 먹고 자란 풀들이
꽃을 피워 씨를 맺고
새들은 그 풀씨로 한철 배를 불리는 과정인데
나만 사람들 눈치를 살피는 일이
매듭 풀리지 않은 실타래 같다.

세상을 향해 너무 부지런 떨지 말자고, 대놓고
권할 일은 아니지만, 누가 무어라 하든,
내 게으름 위에서 먹고 사는 생명이 있다면
그 게으름을 다시는
부끄러워하지 않아도 되지 않을까?

책방마다 넘쳐나는 처세술의 책갈피 속에
추가로 새겨 넣어야 할 공리 하나,
이 세상 주인임을 자처하는 인간이라는 동물이
게을러지면 게을러질수록
이 땅의 모든 생명체가 행복해진다는
지구촌 운동법칙.

생각 없이

모기에 물려
살충제를 뿌리고
작은 벌레들의 주검을 비질하다가, 문득
아우슈비츠의 가스실을 떠올리고
보복의 상당성이나 형평성에 이르러
분노의 자가증식自家增殖이 높여가는 파랑波浪을 가늠해본다.

내 생명을 대체할 등가等價의 또 다른 생명이 있을까.
이천 년 전
자신의 생명을 온 인류의 생명과 맞바꾼
한 젊은이의 그 계약, 나라면 결코
합의하지 않았을
일방적 손해의 대차대조표계정

'눈에는 눈, 이에는 이'
오래전

돌에 새긴 그 법 조항이

지나친 잔인의 흔적이 아닌

보복의 마지노선이라는 생각 잠깐, 아직도

가렵기만 한 물린 팔뚝에

약을 바르는 손길이 자발없다.

독후감

나는 오래도록 내 주변 사람들을 오독해 왔다.

아버지는 세상에서 가장 강한 분이고
입이 없는 어머니가 지어주신
맛있는 음식은 모두 내 차지고
친구는 언제나 내 역성만 들며
선생님은 나만을 편애하시고
성직자는 화장실 출입도 아니 하는 줄 알았지.

내 앞에서 웃어주는 사람들의 웃음을 믿었다,
동냥 바가지에 동전· 던지듯
내게 찬사를 흩뿌리는 의례적 인사에
내가 정말 잘난 양
나마저 나를 속이면서 우쭐대기도 하고.

공약을 믿고 투표를 하고
나라와 민족을 자기 몸보다 사랑한다는 사자후獅子吼에

밑줄 그어가며
낱말 하나하나를 정독한 적도 있었고.

발화보다
그 행간이 잘 읽히는 요즘
나는 비로소
평생에 걸친 오독의 독후감을
고쳐 쓸 수 있을 것 같다.

돌아보면
나를 잘못 읽고 있는 사람도 한둘이 아닐 듯, 일찌감치
당부 하나 흘려야겠다,
나 역시 張三李四의 하나일 뿐이라고.
나를 오독하지 말라고.

철새

새들의 군무群舞가
계절의 빗장을 푼다.

구경꾼 눈에 보이지 않는
목숨 줄의 기나긴 숙습宿習

저 먼 하늘길

때때로 화제가 되고 있는
이 땅 위의 보트피플
그 난민들이 표류하는 장면을
새들도 역시, 우리처럼
아름다운 한때의 장관壯觀으로 보고 있을까

삶과 경관의 괴리

올해 겨울은 조금만, 정말

조금만 더

모든 마음이

넉넉했으면 하고 빌지만.

시가 아프다

아침부터
급히 갈 데가 있다는 부름을 받고 달려간
선배 시인의 집
예약된 병원 나들이가 싫어
떼를 쓰고 있다는 가족들의 전언
이 천진한 도주를 도와야 할까?
병원행을 지원해야 할까?
시인과 그 가족들 사이 갈등 잠시
도망치듯 돌아섰다,
한 시절 지성을 대표하던 시인의 늑대 울음 같은
화난 목소리를 뒤로 하고.

애송하던 그의 시가 후드득
정수리에 맺힌다.

양란 화분을 다듬으며

선물 받은 양란 몇 분
시든 꽃을 따준다.

한 송이 한 송이, 저절로
떨어지는 꽃을 수습하다가 아예
시들어 떨어질 듯한 꽃은 따주고
꽃 보낸 줄기도 잘라준다.

잠자리에 들어 되새겨보는 오늘 하루
내 삶도 참 많이 시들었다. 더 시들면
내가 양란 줄기 잘라주듯
내 늘그막 길 민망한 우치愚痴의 작태를 잘라줄 누구
없을까.

통째 선물로 내게 온 시간
존재의 그늘들을 밀어내고
관조의 등잔에 불 밝힐 만큼

말인즉

"이따가 내가 해도 되는데"
먼저 식사를 끝내고 설거지하는 내게 아내가 하는 말
'미안하지만 설거지 좀 해줘'
내 귀에는 그 속마음만 들린다.

임기가 정해진 자리
"한 번 더 하셔도 되는데"
주변 사람들 인사치례가 늘
'이젠 물러나셔야지요'
등 떠미는 소리로 에돌아 들고.

요즘 들어 부쩍
손등의 주름살 함께 접혀가는 말들의 갈피

"좀 더 살아계셨어야 하는데"
장례식장 찾아온 조문객들 대화의 행간
'잘 갔지, 더 살아봐야 무슨 낙이 있어. 피차 힘들기만 하지.'

내 떠나는 날 그림이

새로 나온 고화질 TV 화면보다 더 선명하다.

이웃

며칠째 침실 창문을 열지 않고 지낸다.
동남향 햇살 넉넉한 창틀 밑
해바라기하고 있는 들고양이 가족 때문이다.
창문 여는 소리에 반사적으로 달아나는 어미와 달리
새끼 두 마리는 눈만 말똥말똥 무서워하는 기색 없지만
어미의 불안까지 모른 척할 수는 없는 일,

수십 년 아무 일 없이 살아온 달동네
무허가 판자촌이 헐리던 현장
에드바르 뭉크의 그림 속에서 뛰쳐나온 사람들
온몸을 흔들어 하늘을 거부하듯
창틀을 휘어잡는 차가운 바람 소리

창문 아래 헌 담요라도 한 장 내주어
월동할 집 한 채 챙겨 주어야 할 것 같다.
세상에서 가장 가까운
이웃을 위해.

다시 한글날 아침에

옆 사람 늙는 건 보이는데
제 늙는 줄은 모르고 사는 법

늘상 드나들던 방 문지방 박치기하기
멀쩡한 탁자 헛발질하기
맹문 없이 찢겨나간 손등
영문도 모르고 삐끗거리는 허리
성기어가는 머리칼 벌충하듯 덕지덕지
덧붙일 군치장이 많아지는 게 바로
늙는 곡절이라는 친구의 핀잔 받아 가며
뗑깡[癲癎]에 겐세이[牽制]가 일상이 되어버린
어떤 부류의 직업군職業群만큼 집요하게
덧붙일 자리가 늘어난다.
메디 밴드, 드레싱 밴드, 핫 파스, 쿨 파스
한글로 읽고 써도
낯설기만 한 이름들

士農工商 맨 막내가
장남 노릇 하면서부터
코레일, 케이티, 엘지, 에스케이, 디비…, 그래야
장사가 잘된다고, 잘 팔린다고 너도나도
개명을 하는 바람에
과자 이름 하나 낯익은 얼굴 찾기가 어렵다.
모닝콜에 잠 깨어
토스트에 잼 발라 아침을 때우고
덴클 프라그 케어용 칫솔에 센소다인 치약 발라 양치질하고
부라운 면도기로 수염 깎고
댄트롤 프레쉬 애플 샴푸로 머리 감고
다이알 비누로 목욕 세수 하고
오딧세이 블랙 에멀전 발라 얼굴 매만진 다음
케이티엑스 타러
집을 나선다.

'나라 말씀이 돈 많은 나라 문자와 달라 그들 주머니 끈 풀 기미 잡지 못하는 덧에 가난한 백성이 해외 장사의 뜻을 널리 펴지 못하므로 내 이를 불쌍히 여겨 내가 만든 스물여덟 자, 아니 살아남은 스물네 자를 모두 폐하노니, 사람마다 그들 문자를 열심히 익히고 써서 날로 쉽게 해외에서 돈 많이 벌어 흥청망청 즐기며 살게 하고자 할 따름이니라. - 훈민정음 반포 오백일흔세 돌날 아침 이도李祹'

광화문이나 가까운 영릉英陵에라도 찾아가서
거적 깔고 한동안 엎드려 있어야 할 것 같다,
이런 객쩍은 소리가 절로 나오는 걸 보니.

무등산

욥이 울고 있다.
아들 일곱, 딸 셋을 한순간에 잃은
아비가 울고 있다.
맹문 모르고 내몰린 거룩한 도박 끝에 받은 곱절의 상급
온 땅에서 가장 아리따운 세 딸과
출중한 일곱 아들로도 메워질 수 없는 절리節理
백열등 대신 LED조명으로 갈아 끼우듯
대체품 아닌 내 아들, 내 딸
세월도 지워버릴 수 없는 아픔이 다문다문
새우등으로 웅크린 늙은 아비를 울리고 있다.

입석대, 서석대 주상절리 그 결마다
새겨 간직해온 묵은 한을 안으로 곱씹으며
이제는 눈물도 말라버린 마른 울음
소신공양 가부좌로 앉은
전라도의 아비가 울고 있다.
광주의 아비가 울고 있다.

어려운 질문, 쉬운 답변

인생?
잘 산다는 의미는?

철 거스르지 말고
먹어야 할 때 잘 먹고
마려울 때 잘 싸고
남 다치지 않을 놀이 즐기며 우줄우줄,
새끼 많으면 더더욱 좋고.

50억 살 물방울,
녹색별이 지치지 않고 맴을 돌 듯.

섬진강 하구를 지나며

물은 강을 염원하지 않았다.
태생도 이름도 지워버리고
죽어야 한몸이 될 수 있다는 믿음 하나로
또 다른 물속에 투신했을 뿐이다.
투신할 때마다 익사하는 건, 물이 아니라
흙탕물로 담아온 욕망과 질시의 앙금뿐이지만,

휘모리, 자진모리, 가끔은 서두르기도 했지
이쯤에 이르면 진양조로 어정어정
고기 주고 술을 사는[釣魚換酒] 판소리 단가만큼
어부의 벗이 되는 여유 즐길 줄도 알고.

두꺼비마저 나라 근심으로 울던 강가에 서서
오늘도 주변국들 침략의 야욕은 그칠 줄 모르는데
집안싸움 여념 없는 역사의 반복과 차이, 지금
우리들 춤사위는 무슨 가락과 장단에 맞춰야 할까.
하동 지나 광양만으로 흘러드는 강물이

계면조의 흐느낌으로 잦아드는

해거름 한때.

도깨비놀음

도깨비가 대세다.

인기 있다는 드라마는 빠짐없이
귀신들이 등장하고
영혼이 바뀐 주인공의 종잡을 수 없는 행태마저 연출된다.

인간이 인간의 짐을 감당하지 못하고
사람이 사람의 문제를 해결할 상상력이 고갈되었을 때
강신굿도 생략한 채 귀신이 불려나온다.

사람이, 사람이 할 일에 손 놓고 있는 세상
멧돼지 도심을 누비듯, 요즘은
대낮에도 귀신이 설친다.

우리 손자의 손자들 세상쯤 가면, 아마도
도깨비 등살에 쫓겨난 대통령관저 이야기가

밤잠 설치게 할 드라마로 재현될 것 같은,
도깨비나라의 서사시가 궁금하다,
시청할 수 없어서 더욱.

백두산

1.
나는 다녀온 지
일곱 번의 여름을 지나면서도 아직
내 가슴에
그 산을 품지 못하고 있다.

2.
백두산은 없었다.

天池의 표지석標識石에 뚜렷한
이웃 나라 권력자의 이름 너머
민족의 영산靈山은 없었다.

산을 향하는 내 마음만큼
변덕스러운 날씨는
장대비로 앞길을 막더니
거짓말처럼 맑게 갠 정상
힘 있는 자의 장삿속에 찢기고 할퀸

장백산만
거리의 여인처럼 몸을 팔고 있었다.

정상에서 휴게소로 내려오는 계단
한 단, 한 단 발걸음 뗄 때마다 나는 빌었다,
천지여, 천년의 잠에서 깨어나라. 지금, 이 순간
용암이여 분출하라.
용암이여 분출하라.
차라리 뜬눈으로 화석이 되어
다시 천년, 만년이 흐른 뒤에라도, 온전히
내 조국의 성산으로 우뚝 서는 날
감았던 눈을 뜨고 내 눈으로 직접
이 산을 다시 보게 해 달라고.

내 간절한 기도마저 외면한 하늘은
기울어가는 해 따라 그만 내려가라고
하릴없이 지칫거리는 내 등짝만 떠밀고.

3.

얼마 전
남북의 정상이 이 산을 오르고
천지의 물을 긷는 모습이 며칠을 두고
전파를 탔다.

때 되면 다시 한 번
내 조국의 땅을 밟고 저 산에 올라
온 산을 구깃구깃
가슴 속에 밀어 넣고
산멱 찔린 돼지울음, 그 비명 같은
괴성 한번 목청을 찢고 싶다.

유월六月의 역설

- 2021년 원주시 현충일 행사 낭송시

형제여,
누가 조국을 말하던가?
누가 민족을, 국민을 입에 올리는가?
세상의 모든 담론談論과 사변思辨이 무화無化하는 오직
한 곳
이 땅 궁극의 진실이 스스로 증명하는
이 자리에서, 오늘
우리는
역사 앞에 얼마나 솔직해질 수 있을까?

지중해와 인도양을 떠도는 선상船上의 피난민들,
이 땅에서 흔적을 찾기 힘든
인디언과 아이누, 그리고 남미의 원주민들,
저들을 사냥하던 폭력의 실체가 누구였는지를
제대로 읽어본 적이 있는가?

기록된 역사의 길지 않은 기간

천 번의 외침外侵을 극복한 그 상흔을 한 번쯤,
내 몸 어딘가에 남아 있지는 않은지 꼼꼼히 더듬이본 일이 있었던가?
잊어야만 할 일들을, 때맞춰
기억의 광야로 불러내는 아픔을 앓아본 적이 있는가?
아픔에서 벗어나는 일보다
고통의 기억을 완전히 지우는 일이 더 두려운,
이 아픔의 의미를 되새겨본 적이 있는가?

아픈 척, 슬픈 척 우리가 짓는 엄살이
오늘을 너무 진지한 코미디로 희화화戱畵化하고 있지는 않는지,
왜 하필이면 우리의 주적이
나와 피를 나눈 형제가 되어야 하는지,
오늘 이 자리에 선 우리가, 오히려
죽은 자들의 위로를 받아야 할 대상이진 않을까?

다시 천 년이 흐르고
오늘 우리의 표정을 읽는 후손들은
어떤 얼굴을 하고 오늘을 음미할까?
지금 우리들의 몸속에는,
치악을 함께 거닐고
섬강 물을 같이 마시면서
궁예와 견훤과 왕건으로 갈라져 서로를 살상하던 우리 할아버지,
바로 그 할아버지들의 피가 같은 분량으로 공존하고 있다는 진실을
오래된 사진첩 넘기듯 되돌아 본 일이 있는가?

신록이 한창인 이 유월에
낙엽을 추모하는 일,
그건 어제 진 낙엽이 저 파란 엽맥葉脈을 수놓고 있음을 알기 때문이다.
오늘 우리는 미리 우리 자신을 추모하며

천 년 전 우리 할아버지의 피들을 섞듯
온 민족이 하나로 잘 발효된 반죽이 될 때까지
서로를 서로에게 섞어볼 일이다.

형제여, 오늘 이 자리에서
스스로 묻고, 진지하게 답변을 준비하자.
조국이 무엇이냐고,
내 민족, 내 국민이 누구이냐고.

제3부

예수현상학

살아계신 하나님
- 예수현상학 4

우리 애들 찾아와서
내 앞에 무릎 꿇고
'살아계신 아버님' 하면
내 기분이 어떨까.
옆자리 어느 장로님
'살아계신 아버지 하나님'을
열심히 불러대고 있다.
어차피 죽어야 할 내 입에서는, 아무래도
"살아 있어 미안하구나!"
속없는 역정이라도 솟아날 노릇인데
죽을 수도 없는 존재인 하나님은
무엇이라 응답하실까.
오늘따라 무척
하나님 표정이 궁금하다.

합당하신 하나님

- 예수현상학 5

어느 조찬을 겸한 연합예배 자리
순서에 따라 공중을 대표하여 드리는 기도,
'우리 예배를 받으시기에 합당하신 하나님'부터
불러낸다. 순간
세마포 자락 떨치며 돌아서시는
하나님의 미세한 음성이 들리는 듯하다.
"누가 너희더러 당當, 부당不當
나를 판단하라 하더냐
나는 판단의 대상이 아니라, 다만
경배의 대상일 뿐인, 존재 그 자체이니라."

창밖에는
동녘 하늘 매지구름 한 자락
떠오르는 해를 잠시
지우고 있다.

주를 위하여
- 예수현상학 6

찬송을 부른다, 비장하게
참으로 비장하게 찬송을 부른다,
사나 죽으나 주의 것이기에
주를 위해 죽겠다고.

저 아래
고아와 과부, 나그네들 더불어 어우렁더우렁
함께 잘살아보라고 가리키는
손끝은 보지 않고
나를 위해 죽어주신 예수님
눈도장이라도 찍겠다는 듯
그분 얼굴만 쳐다보며
주님을 위해 내가 죽겠다고
목청이 찢어지도록 찬송을 부른다.

예수님이 매달리셨던 이유?
십자가가 기우뚱거린다.

통성기도

- 예수현상학 7

내 집 방안을 밝히기 위해
발전소까지 찾아가는 어리석은 사람은 없다.

악머구리 떼울음으로 하늘 향한
저 절규들

하늘길보다 더 멀다,
내 안으로 가는 길.

성형

-예수현상학 8

부활절이다.

체적도 질량도 없는
영체의 오롯한 자유

참 황홀하다.

그런데,
육신의 부활을 싫어할 사람 없지 않을 듯

거액의 투자와 과시의 시간이 아까운
죄다 뜯어고친 껍데기 치장족治粧族들.

진보
- 예수현상학 9

다시 이천 년이 지났다.

인공위성이 우주를 맴돌고
복제인간이
거리를 활보할 날도 멀지 않다는데

오늘도
도마는 여전히
예수의 옆구리를 더듬고
유다는 식자재마트에서
은 삼십에도 미치지 못하는 몸값으로
예수의 생살을 저미어
저울에 달고 있다.

변한 건 없다.
그날도 오늘도
하늘은 하늘이고 땅은 땅일 뿐.

세습世襲

- 예수현상학 10

“참 힘들다.
이 정도 고생이면 어디 간들 밥이야 굶겠느냐.”
만나는 목사들마다 하는 말이다.

그 힘든 일
자식에게 맡길 아비가 어디 있을까. 한데
모두들
세습에 안달이다.

‘엘리 엘리 라마 사박다니’

다시 한번 물어보아야 할 것 같다,
진실로 버렸고
철저히 버려지던 그 날의
그 父子의 속내.

길을 가다가

- 예수현상학 11

엠마오 가는 길에서
한 청년을 만났다.
잘 사는 일, 잘 죽는 일, 죽어서도 사는 일, 한참
대화하던 중 홀연히 사라져버렸다.
가끔, 십자가 달린 교회에 나타난다는 풍문에
오십 년 넘게
예배당만 기웃거린다.

아직도 나는
그를 만나지 못했다, 스스로
그의 적통 후계자를 자처하는 사람은, 더러
보았던 것 같기도 한데.

크리스마스

- 예수현상학 12

그땐 아무도
메시아를 알아보지 못했다.
다시 오시면
알아볼 수 있을까.

부자나 권력자의 모습은 아닐 테고
이번에도
가장 천한 모습으로 오실 듯한
선명한 예감

내 주변의 그렇고 그런 사람들 중
다시 오신 예수님이 계시지는 않을까, 조심조심
사방을 둘러보아도
집히는 데가 없다.

그분이 약속을 어기실 리는 없고, 아무래도
오시는 족족 십자가에 매달리시는 것 같다.

알아보지 못한 내가 앞장서서
그 발목에 못질이나 하고.

추수감사절
- 예수현상학 13

남의 땅에 제멋대로 들어가, 끝내 그곳에 살던 원주민 도륙하고, 온 세상 주인이듯 활개 치고 있는 무리, 그 조상들 애초의 땅 도둑질을 거룩하게 포장하고 있는 그네들 절기를 꼬박꼬박 우리의 수장절로 지켜오고 있는 오랜 관행의 교회력이 부끄러워 이날만은 하늘을 쳐다보지 않기로 했다.

한가위 같은,
우리 땅에도 수확의 계절을 즐기는 잔칫날이 없지도 않은데.

기도해봅시다

- 예수현상학 14

내가 부실한 자식이라서
아버지도 나를 멀리하시는가?
한평생 기도를 해도,
한 번도 내게
이건 이렇게, 저건 저렇게 내 처신을
일러주지 않으신다.

가끔 형제들에게 내 딴에는 좋은 일이라서
무슨 일을 함께해보자고 권할 때마다
"기도해봅시다" 하는 아버지 직계 자녀들
그들은 눈만 감으면 아버지와 주고받는 눈치인데,
늘 돌아오는 말은
아버지 허락이 떨어지지 않는다는
정중한 거절의 지연된 답변만 듣게 된다.

혈루병血漏病 여인의 스치던 손길마저
응대해 주시던 주님

내 기도에는 언제쯤이면
우레 같은 목소리로
게으르고 무딘 나를 깨우쳐주실까?

아버지 하나님

- 예수현상학 15

권위와 능력의 상징인
아버지라는 환유換喩

어떤 교회가, 또 어떤 여권운동가女權運動家들이
애초에 존재하지도 않았던
하나님의 두 다리 사이에
남근을 붙이느라 열성이다.

나는 한 번도 남녀라는 개념 속에
아버지, 어머니를 가두어본 적이 없다.
응석받이 막내아들인 내게
아버지는 아빠이고
어머니는 엄마일 뿐.

이 새벽에도 나는 의미 따윈 건너뛰고
'아버지, 아버지' 남근 없는
하나님을 부른다.

영적 아버지

- 예수현상학 16

영적성장대회니 부흥성회니 하는
연합집회에 가끔 참석하면
이름 있는 강사의 빠지지 않는
당부 한마디
- 영적 아버지인
  개個 교회 목사님 잘 섬겨라. 그래야
  복 받는다.
강사의 '아멘' 따라 회중들의 우렁찬 '아멘'이
열한 번째 계명을 각인한다.

친구의 아버지는 내게도 아버지인 셈이고
예수는 우리를 친구라 부르며
섬김받기보다 섬기기를 좋아한다고 했으니
예수보다 한 항렬 높은 목사님,
하나님도 까불면 죽이겠다는 판에
잘 섬기지 않을 수 있겠냐 만은,

에베레스트 등반길 셰르파쯤, 등산안내인이라면 몰라도

아버지까지야 싫다가

장마철 빗물 저장고 물고이듯 차오르는

불경을 감추려

급한 전화라도 받는 시늉을 하며

이쯤에서 자리를 뜬다.

사탄의 역사役事

- 예수현상학 17

신실한 교우들이 구설에 오를 때마다
듣는 말이 있다.
- 사탄의 역사지요.

그들만큼 나는
하나님의 육성을 듣지 못하고
사탄의 존재를 체감하지 못하고 산다. 과연
이 땅에서 먹고 마시고
일하고 대화를 나누는 실재인 나는,
누구의 허수아비일까?

의사무능력자도
행위무능력자도 아닌데
십자가 핑계만 대고 있는,

지금부터 모든 훈·포장, 상장에는 수상자 이름을
'하나님 1' '하나님 2'라 쓰고

교도소 수형자 명부는

'사탄 101' '사탄 102'라 쓰기로 하자. 얼마나

편리하냐?

단순, 명쾌하기도 하고.

하나님의 지우개
- 예수현상학 18

"부족한 종이 아버지의 말씀을 전했습니다. 잘 박힌 못같이 저들 심령에 깊이 새겨 주시고, 혹 아버지의 뜻에 벗어난 말이 있었다면 저들의 기억에서 모두 지워 주시옵소서."

설교를 마무리하는 기도에서 흔히 듣는 말이다.

회중더러 가려듣고 쓸데없는 말 잊어달란 소리 같은데

참 편리한 발상이다.

할 말, 아니 할 말 다 한 뒤에

책임은 하나님이 지시라고,

그런데 어쩌지,

하나님의 지우개가 내구연한이 지났는지

성능이 좋지 않은 모양이다.

기억해야 할 생명의 말씀은 예배당을 나서는 순간 지워지고

듣기 거북한 말들만 날이 갈수록 뚜렷해지는 걸 보면.

복되어라, 잘 잊는 자들이여.
어차피 지키지 못할 계명의 연쇄, 차라리
들을 때마다 새로운 맛이라도 음미하리니.

주 예수여 오시옵소서
- 예수현상학 19

2,000년을 기다렸다,
아침에 눈 뜨는 일이 두려운 사람들.

"주 예수여 오시옵소서."
그 간절한 바람 속에
수천 명 예수가 번갈아 가며
가벼운 주머니마저 탈탈 털어 가고
참 예수의 소식은 아직도 감감한데,
작건 크건 무리를 이루어 예배하는 자리에선 늘
주님의 재림은 가장 선호하는 주제다.

등 따습고 배부른 사람들
예수 간판 아래 왕국을 이룬 거룩한 王者들
두 팔 벌려 예수를 반길까?
'이단'이란 한 마디로
따돌릴 방법은 얼마든지 있는데.

내 생각은 어떠냐고요?
불경스러운 말을 하도 많이 해서
뵙기 두려운 게 솔직한 마음인데
반기지는 못해도 도망가지는 않을 것 같네요.
바짓가랑이 한 자락 잡고 펑펑 울기는 하겠지요,
말 한마디 못하고.

오직 나와 내 집은

- 예수현상학 20

이름도 없고
형상도 없이
주석註釋만으로 존재하는
세상의 원인이자 동력의 근원,
그 궁극적 실재

모세, 예수, 무함마드,
釋迦, 孔孟, 老莊 들의 주석에 목숨까지 걸고
진리를 독점하려고 전쟁도 불사하는 이 땅
누구의 주석을 믿든, 제발
남들까지 보쌈하려 들지는 말고
제 것이나 제대로 지켰으면 하는 바람인데,

가난은 있음의 결핍이 아니라
분배의 결핍이라며,
무릎이 닳도록 밤을 새워 기도해도, 직접
쌀알 한 톨 덤으로 건네지 않으시는 분인 줄 알지만

그래도, 나와 내 집은

예수의 주석만을 믿고 따르기로 한 약속

다시 한번 확인하며

무릎을 꿇는다.

임재

욕조에 누워 깜박
잠이 들었다.

체온과 수온이 잠시
은밀한 거래를 하는 사이

아무것도 지닌 것 없는
알몸 그대로의 나를 품어 주는
물이 되어.

기도

깊은 밤, 눈을 감고
무릎을 꿇었다.
새벽이 되도록 말 한마디 못 했다.
너무 커서, 너무 맑아서
내 작고 오염된 언어로는
아뢸 말이 없었다.

저린 다리 주무르며 일어서는 순간
'종일 네 곁에 함께한 사람들과 할 말 못할 말 다 해 놓고
무슨 할 말이 아직도 남았느냐? 내 빠짐없이 다 들었노라.'
귓가를 스치는 우레 같은 울림, 다시
오체투지로 엎드려 말을 잊었다.

이생의 내 기도는
이쯤의 지점
미완의 그 임계점만 맴돌 것 같다.

어떤 기도

사람들은
제 주변의 모든 존재에게
사람 되기를 강요한다,
강아지, 코끼리, 곰, 앵무새, 돌고래
정원수, 가로수까지.

곰은 제가 곰인지 모르고
정원수도 제 이름을 모른다. 다만
사람들만 그들에게 이름을 붙여주고
이름 안에 묶어
사람이 사람 다루듯 그들을 길들인다.

드디어
사람들에게 길든 신들조차
편견과 차별을 배워
사람 따라 줄을 서고
맹문 모르는 폭력에 역성도 든다.

새벽마다 찾아가서
주문처럼 사랑을 고백하는 내 하나님께
오늘 새벽엔
불경스럽게도, 정말 불경스럽게도, 이젠
사람들 욕망에 추임새 넣지 마시고, 이쯤에서
은퇴하시면 어떻겠냐고 빌었다,

붓다도 알라도 브라흐마 삼 형제도 모두 데리고
사람에게 길들어 맞장구에 능하신 신들은
신들의 나라로 가서 신들끼리 사시라고. 다시는
사람들 싸움의 빌미가 되지 마시라고.
사랑의 구실조차 짐 지지 마시라고.

제4부

COVID-19 斷想

입춘, 2020년

늙은 지구의 새치를 뽑다가
파랗게 숨어 있는 감국의 새싹을 다쳤다.
나이 들면 속절없이 발이 시린 법
뒤곁의 노송은 바람 기다릴 새도 없이
제 가지를 꺾어 발등을 덮고,
마당귀 웅덩이는 아직 몸 풀 생각이 없는데
오랜만에 찾아온 할미새 한 마리 얼음이라도 녹일 듯
봄을 부르는 꼬리짓이 부산하다.

연초부터 우한[武漢]에서 찾아온
반갑지 않은 손님이 난장을 펼치고,
눈앞에 닥친 국회의원 선거판 흥행에 눈 팔려
계절의 표정을 놓치고 무심코 뱉은 몇 마디
따뜻한 겨울을 걱정하는 말이 씨가 된 듯, 며칠
한파 자심하더니
홍역인지 수두인지
매화나무 햇가지 마디마디
열꽃이 피었다.

트롯이나 들으며
- COVID-19 斷想 1

코로나19의 여파로
집안에서 TV 볼 시간이 늘었는데
채널이 다양한 만큼
볼만한 프로그램이 없다.

화면을 열면
식품인지 약품인지 不老長生에 정력이 넘쳐나고
먹을거리, 입을 거리
조선 시대 종 부리기보다 쉬운 가전제품
성형에 보험까지
낙원이 네 곁에 있다고
소비를 강요하며 끝없이 이어지는 고문에 시달리고
끝인가 하면
속옷까지 비치는 날씬한 몸매의 연예인들이
입만 열면 '섹시'를 반복하며 손짓, 몸짓
관음을 부추긴다.

더더욱 해괴한 장면은
이들 난장판에 밑자리 깔아온
지식인이라는 장본인들이
이 시대의 소비행태를 꾸짖고
음란사이트 개설자들을 규탄하는
누가 누구를 꾸짖어야 하는지 분간조차 힘든
앞뒤가 어긋한 볼썽사나운 모습
처음부터 절제가 불가능한 보통사람들은
어느 장단에 춤을 추어야 할까?

요즘 들어 도깨비, 귀신들은 왜 그리 설쳐대는지
채널마다 경쟁하듯 불러들이는 통에
이승과 저승이 헛갈리고,
정의의 수단은 폭력뿐이라고
드라마마다 세뇌를 해대는데
손자 녀석들 학교폭력을 말릴 만한
언어의 저장고가 바닥이 났다.

노안에 비문증飛蚊症마저 더해가는 내 눈에도
흰 것은 희게, 검은 것은 검게 보이는데
똑같은 사상事象을
같은 시각, 같은 장소에서 함께 보면서
한쪽은 희다 하고, 다른 쪽은 검다고 하는
여론 형성의 주체들이 연출하는 뉴스 화면이 거북해
세상 소식 외면한 채 살자고 해도
간간이 그 동네 소식 물어다 주는
참새들에게 애꿎은 역정을 내기도 한다.

이리저리 채널을 돌리다가 만나는
구성진 노랫가락 흥얼흥얼, 요즘
내나름 부담 없이 찾아가는 놀이터다.
하루하루 익숙해져가는 내 삶의 발가벗은 모습
막장일까, 또 다른 여유의 공간일까.

사람들이 보고 싶다

- COVID-19 斷想 2

보이지 않은 것이
보이는 것들을 지운다.
크리스마스는 껍데기만 남고
정동진에도 호미곶에도 새해 아침은 없다.

누구네 무슨 굿인지 생각도 없이
굿판만 기웃기웃, 떡에 술에
맛 들이고 취하여 춤추는 꼴 짐짓
나무라는 뜻일까.

동무 따라 장군 지고 장에 가던
내 발자국도 지우고 싶은 충동, 가끔은
삭풍에 눈물이라도 흘려보아야 아는
진실일까.

사람들이 보고 싶다,
아무라도.

죽비소리

- COVID-19 斷想 3

단언컨대
나는 반문명주의자는 못 된다. 그러나,

도구가 점점 불어나고
인공지능이니 하는 첨단과학이 마냥
행복의 지름길이 아니라는 사실만은 믿는다.
일자리가 줄고
서민들의 삶이 더욱 각박해가는
이 땅의 현실이 증명하듯.

규모와 속도에 밀린
영세자영업자들의 폐업이 속출하고
실업자는 늘어만 가는데,
오랜 보편적 확신 한마디
'가난 구제는 나라님도 못 한다'고 지레
너나 나나 손사래를 치는 판에
어디 한번 시도라도 해보자는 듯

보편적기본소득까지 화두로 떠올리며
재난지원금도 풀게 한다.

고비늙어 제 몸도 못 가누는
이 땅의 질서, 이쯤에서
날실 씨실 다시 한번 풀고 엮어보라고
지구의 등짝을 내려치는 죽비소리,
깨달음은 멀고
아프다는 엄살만 골목골목 풍성하다.

호모 마스쿠스 Homo Maskus
- COVID-19 斷想 4

직립하면서 퇴화한 후각이 다른 방향으로 진화한 사람들이 있다. 우리 집 강아지 갈빗집에서 가져온 뼈다귀 냄새 알아채기보다 몇 십 배의 강도로 돈 냄새 권력 냄새에 민감한 무리, 자연스레 미각도 상승해서 못 먹는 게 없다. 자고 나면 으르렁거리는 소음은 갈비뼈 하나 두고 다투는 여덟 마리 강아지보다 더하다. 나라와 민족을 위해서라는 입과 입들의 잔치판, "민족과 사회를 위한다는 이에게서 고리대금업자같이 수십 배의 보수를 바라지 않는 이를 보지 못했다." 노산鷺山의 시력에 이상이 있었다는 말은 듣지 못했다.

코를 막고
입을 막았다. 아직도
소음이 줄었다는 소식은 들리지 않는다.

사회적 거리두기
- COVID-19 斷想 5

해체解體다.
보이지 않는 사슬이 풀리는 소리.
명절에 어른들 찾는 긴장도 덜고
껄끄러운 모임, 경조사 자리 피할 명분도 생기고
두 사람 앉을 자리
혼자 차지하고 가는 기차 여행도 나쁘지 않다.

내 주변에 나도 모르는 사슬이 이렇게 많았구나, 하는
틈새로 찾아드는 싸늘한 바람 한 자락
혼자로는 살 수 없다면서
혼자만 잘살고 싶은 흙덩이의 빙렬氷裂
언제 한 번 함께 사는 일에 성공해본 적 있었던가?

안도와 회의 속에
나도 나를 잃고 사는 세월
흐르는 물에 비누칠해가며 30초 이상 손 씻듯
더덕더덕 너테로 앉은 가식과 허위의 너울을 털어내고

거울 없는 방에 들어가
내 참 얼굴이 보일 때까지 가부좌 틀고
뜬눈으로 이 밤과 싸워야 할 듯싶다.

소유권확인소송

- COVID-19 斷想 6

60,000년 전쯤이랬지
아프리카에서 나온 우리 할아버지
흑해를 거쳐
15,000년 전 한반도에 들어왔을 때
이 땅의 주인은 누구였을까?

공장들이 쉬고
비행기들이 멈추고
사람들이 방안에 머무는 동안
멧돼지, 고라니가 시내를 활보한다.

인디언, 남아메리카 원주민, 아이누 족들을 사냥한
강도들이 실세인 오늘 이 땅의 주체들과는 달리
짐승의 땅이면 몰라도
사람의 땅을 도둑질하지는 않았다는 변명에도
나는 어차피
야생의 땅을 훔친 도적의 손자

남의 땅을 훔쳤으면
이미 취득시효가 지난 일이라고
알아듣지도 못하는 주인들에게 항변할 일이 아니라
함께 살자고, 조금만 할애해 달라고, 오히려
이쪽에서 양해를 구해야 도리일 듯,

양식 있는 재판관이 판결을 내린다면, 과연
누구의 손을 들어 줄까?
그런데, 정작
이 녹색별의 소유권확인소송은
어느 법원에서 관할하지?

소식

- COVID-19 斷想 7

아침이면 듣게 되는 소식이 있다.
까치가 물고 오는 기쁜 소식은 아니고
검사자 몇 명에 확진자 몇 명,
고인과 유족에게 애도와 위로의 말 곁들여
하늘나라 신입생 숫자까지
참 친절하게 알려준다.

처음 100명에 근접할 때까지는
임진년 도요토미의 군대가 부산에 상륙한 뒤
봉화와 파발을 지켜보던 선조宣祖의 심정이었는데
하루에 1,000명을 넘나들고 보니 오히려
주변에 흔히 있는 각종 사고 소식만큼 덤덤하다.

수시로 '딩동'하고 찾아오는 문자 전갈에
물 뿌리고 비질하는 법부터 가르치던 소학 공부하듯
손 잘 씻고, 마스크 잘 쓰는 법 읽다 보니
어린 날 초등학교 위생 검사 시간

때 끼어 터진 손등 위에 매 대신 발라주던 맨소래담
선생님 예쁜 얼굴이 떠오른다.

언제쯤이면 이런 아침 인사 없어질까.
초조해하면서도
그때가 되면 한동안 섭섭해할 것 같다.
나쁜 소식도 소식이라고.

포스트 코로나

- COVID-19 斷想 9

재앙이다.

인간의 개체수가 너무 많이 불었다,
오래 살기도 하고.

이 혹성의 최상위 포식자,
핵심족의 게걸스런 위장을 채울 먹이사슬의 뒤틀림,
끝이 보이지 않는 탐욕으로 쌓아가는 바벨탑의 고공행진,
갈수록 강도를 더해가며
살갗이 벗겨지는 아픔을 견디다 못한
녹색별의 반격이 시작되었다.

400년에 걸쳐 유럽 대륙을 단련시킨 페스트처럼
인간의 오만과 탐욕을 제어할 손길은
코로나바이러스 형제들에게 맡겨진 듯 불길한 예감,
백신이라는 임기응변에 매달린 사람들은 아직도

삶의 태도를 반성하는 길은 찾지 않고
우회의 고속도로만 열심히 닦고 있다.

내 눈치만 살피고 있는
마당귀 풀 한 포기마저
나와 동등한 이 땅의 주인으로 받아들이는 일,

미망迷妄의 끝은 아직도 보이지 않고. 하동지동
어지러운 발길들만 부산하다.

폭염

타들어 가는 잔디밭 한켠
안동포 보름새 베실 닮은
패랭이 가는 줄기에 꽃망울이 맺혔다.
너도 참 어렵게 살고 있구나, 그래도
결실로 마무리할
가을의 필연이 머지않아 너는 좋겠다.
가도 가도 폭염뿐인 이 땅 한생 살이 소시민들
한 줄금 소나기
하늘의 자비가
이토록 막막한데.

오늘

어제를 산 이야기도
내일을 살겠다는 말도, 모두
허구다.
나는 언제나 오늘을 살아왔다.
내 옆에 있는 사람들이랑 어우렁더우렁
내게, 있는 것만 갖고
일흔다섯 해 오랜 찰나의
오늘만.

꿈

함께 자란 어린 날 친구 같기도 하다가
아는 시인인 듯도 하고
때로는 내 얼굴이 겹치는 한 사내가
죽인지 국인지를 떠먹으려 하는데
퍼 담을 그릇이 없어 난감해한다.
도와줄 무엇인가를 찾는데
국자나 작은 사발이 있어 집어보면
헛간의 바가지거나 쓰레기통으로 변하고
제대로 된 건 붙박여 떨어지지 않는다.

꿈속에서도 꿈을 깨고 보니
주방에 널린 게 그릇이라
별난 꿈이라 실소를 하다가 정말 잠에서 깨어났다.
홰나무 아래에서 순우분淳于棼이 꾸던 그 꿈처럼
꿈이라도 거창하게 꾸었으면 좋겠는데
꿈마저 등급을 달리해
국그릇 타령이나 하고.

동화골 누옥 거실에 찾아온

기우는 햇볕이 성근 내 이맛전을 다독인다.

간이역에서

하루 두세 번 멈춰서는 여객열차의
게으른 하품 끝에
어미 소 해산하듯 떨구고 간
서너 명 승객 끄트머리
작은 보퉁이 뒷짐에 달고 아즐아즐
기역자로 꺾인 할머니 느린 걸음
한 발짝 앞으로 왔다 반 발짝 뒤로 가고
줄어들 줄 모르는 기다림의 초조감에
건널목 차단문 지키는
역무원의 헛발질이 자발없다.

누군가에게는 초조와 불안으로,
또 다른 누군가에게는 인내와 권태로 접히는
순간순간 시간의 주름

어떤 다짐

나보다 젊은 사람이 떠나는 자리엔 조문을 가지 않기로 작정했다.

누군가를 배웅하러 정거장에 가면 떠나는 사람이 부러워 나도 함께 떠나고 싶은 어릴 적부터의 충동이 아직도 잘 제어되지 않은 탓일까 검은 띠로 장식한 액자 속의 사진이 내 얼굴이었으면 좋을 듯한, 지켜보는 사람들에게 공연히 미안한 생각이 들기도 하고, 그다지 절실하지 않은 내 애도의 인사에 울먹이는 상주들의 답례 틈새로 '나이 많은 당신네가 먼저 가는 게 순리 아니냐' 하는 뇌성 같은 침묵의 반향이 며칠씩 내 뒷덜미를 따라다니는 일이 싫어서다.

서울에서는 한참 후배가 떠났다는 전갈이고,
부산에서는 어릴 적 친구 아들의 사고사 소식이다.
창밖엔 가을 장맛비 추적추적 내 가슴에
작은 연못 하나 샘솟아 일렁이고.

한거閑居

나는 오늘 참 행복하다.

자식들 문안 인사 없이 달포가 지나가고
여행 떠난 아내도 사흘째 소식이 없다.
원고 보내라는 독촉도
모임에 나오라는 전갈도 없이
대문간 우체통이 며칠째 단식투쟁을 하고
스마트폰 또한 온종일 스마트하게
묵언수행의 고비를 넘기고 있다.

세상이 오랜만에,
있어도 좋고 없어도 그만인
내 현존의 규정을 정향定向하면서 모처럼
내게 여유를 허락한 것 같다.
세상이 나를 풀어준 것인지
내가 세상을 놓아준 것인지
짐작조차 쉽지는 않지만, 어쨌든
이 침묵의 수다들 속에서

나는 생각 없이 자유롭고

무게 없이 편안하다.

민들레

동네 뒷산
산등성이 넘어 학교 가는 길옆
애기들 무덤이 있었다.
봉분이라 할 것 없이
늑대나 여우들의 해찰을 피하기 위해
아무렇게나 쌓은 작은 돌무덤들

돌잔치 며칠 앞두고 이사 간
열 살 터울 진 내 동생 태권泰權이
주소도 문패도 없는
돌로 지은 그 애의 새집을 찾아
하굣길 짬짬이 저물도록
함께 놀았다.

토끼 귀를 하고
혓바닥을 내밀며, 아무리 얼러보아도
웃어주지 않는 그 애가 야속해
나쁜 놈. 무정한 놈,

눈물 참고 돌아서던 어느 봄날
어르지도 않았는데
그 애가 환히 웃고 있었다.

성긴 돌 틈 사이로
천진한 그 애의 활짝 웃는 모습을 다시 본 뒤
나는 일부러 먼 길을 돌아다니며
한 번도 그 애를 보러 가지 않았다.

해마다 봄만 되면 마당귀에 찾아와
그 애는 깔깔거리고 있는데
못 본 척 외면하다
일흔 해 만에 불러보는
내 동생 이름이
공익광고에서 보는
아프리카 어느 가난한 나라 어린이 이름만큼
혓바닥을 겉돌게 한다.

꽃길

- 박유석 시인의 시집 『와동 가는 길』에 부쳐

와동 선산에 앉아 바라보는
화양강 따라 굽이져 오간 길
강물로 살고 싶은
노老시인의 시선이
일흔 해 시간을 마름질한다.
그리움 한 땀 뜨고, 연민 한 수繡 새겨 넣고
용서하지 못한 나를 용서하고
용서받지 못한 나도 용서하면서
가진 것 없이 내려놓고
채운 것 없이 비워가는 마음집이 너무 비좁다.

마음에는 원래 집이 없고
하늘에는 길이 없는데, 스스로
담을 쌓고 들어앉아 집 작음을 한탄하고
이 땅이 하늘이고 하늘이 이 땅인데, 공연히
하늘에 사닥다리 놓느라 허둥대는 모습
무문無門이 한 소식 거든다,
"봄 꽃, 가을 달[春有百花秋有月]

여름 바람, 겨울 눈[夏有凉風冬有雪]
마음에 걸리적거리는 일 없다면[若無閑事掛心頭]
하루하루가 다 즐거운 날[便是人間好時節]"

아무나 앉을 수 없는 자리에 앉아도 보았고
누구나 욕심내는 상들도 받았는데
그 모두가 실패와 좌절뿐이었다고, 허상이었다고
집착, 소유, 애증의 짐뿐이었다고
참회와 하심의 가부좌로 앉아 있는 시인이여,
그만하면 남보다 잘살았다고 자긍해도 좋을 일,
그 마음 부처인데
무엇을 닦고, 무엇을 찾아가려오.
이제는 육신의 형상 속에서도
육신을 잊고 살 나이
삼도천 이쪽이거나, 혹여
저쪽일지라도
발걸음 닿는 곳
한순간 한순간이 다 꽃길이기를.

부음訃音

복사꽃 수런수런
하늘 풋풋한 아침
낙엽 지는 소리

건강이 신앙이던 십 년쯤 후배와
세상만사 심드렁하던 사오 년 선배가
하루걸러 이차원의 액자 속으로
미지의 여행을 떠났다.

내 몸속에 새겨져 있는
우리 집 족보 맨 윗자리
천 년 전 그 할아버지의 약호만큼
온 세상 신록들이
어제 진 낙엽의 기표들이라고 하지만,

오늘은 아무래도
A4 복사지 한 장 속에

그들과 함께 나를 전사轉寫하는 백일몽,

꿈이나 꾸면서

하루를 지워가야 할 것 같다.

휴식

산책길 길섶에 쉬고 있는
구두 한 짝,
테두리도 굽도 형태만 남아
몇 개 남지 않은 끈 잃은 구멍엔
바랭이가 웃자라 끈 노릇을 대신한다.

일생을 함께 다니던
다른 한 짝의 기억조차 가뭇없다.

길섶에는 구두만 쉬는 게 아니다.
깨어진 사기그릇도
부러진 숟가락도
딱정벌레, 노래기들 어울려
시간과 체적의 소멸을 즐기고 있다.

쉬어야 할 때 쉴 줄 아는 사물과
쉬면서도 쉴 줄 모르는 사람들의 간극만큼

깊이를 가늠할 수 없는 존재의 심연

인근에서는 며칠째
살아서 미라가 된 윗동네 김 천지의 고독사孤獨死,
아내 없이 스무 해를 잘 버티어온
그 삶의 실타래가 뜬금없이 바람타고
삼동네를 휘젓고 다닌다.

2020년을 보내며

원일로를 걷는다.
도심이라 우기기도, 아니라고 손사래 치기도
정답이 가물거리는 한때의 번화가,
50년 넘게 이 자리를 지켜오던
약국 형님도 떠난 거리가 오랜만에 만나는
어릴 적 동무만큼 낯선 모습이다.

입과 코를 가린 표정 잃은 거리
열쇠는 많은데, 열리지 않는 자물통같이
사방이 벽으로 막힌 듯한 막연한 공간
세상은 견고하고 삶은 무겁기만 하다.

주석註釋 없이도 잘 읽어지는, 그런
책장 넘기듯 훨훨
새해는 좀 더 가볍게 넘어가기를,
다시 한번 미련스럽게
두 손을 모아본다.

제5부

불순한 유혹

불화의 계보학

사람마다 가슴 속에 자동번역기 한 대씩 지니고 산다.
타인의 언어를 독해하는 장치,
보편성이 부족하고 표준화가 불가능한 이 기계 때문에
나는 늘 너를 오독하고 있다.

젊은 날 나도 모르게 이루어진 인사이동을
부당한 인사 청탁으로 읽은 인사 부서 실무자 선배
나만 보면 비아냥대더니
수삼 번 해명에도 고개를 젓다가
정년퇴직할 때까지 납득하지 않은 채 떠났다.

더욱 심한 경우는
가까운 사람들끼리 주고받는 '사랑'이라는 상투어조차
말할 때마다 다른 뜻으로 번역되는 바람에
결론도 승패도 없는 다툼으로
삶의 저장고에 구멍을 내기도 한다.

'민주주의' 역시 오역의 선두주자,

'태극기나 촛불을 들고 다수의 군중이 모여 함께 소리치며 즐기는 이 시대 단체유희 형태의 하나'라는 번역문이 뜨고

정치인들 입에서 떠난 일 없는 '국민'은

'범주가 불분명하고 용례가 너무 많은 탓에 과부화로 인한 기계작동 불능'이라는 적신호가 뜬다.

어려운 일 있을 때 늘 내가 하는 버릇대로

하늘 향해 큰소리 외쳐 물어볼 수밖에.

"내 자동번역기 업그레이드해줄, 거기 누구 없소?"

외상外上

공무원 초년 시절
곡물점 외상장부에는 늘
아내가 정회원 노릇을 했다.
월급날 갚고 또 며칠 못 가서 외상,
네[四] 식구 먹고살기도 힘든 박봉
지금은 우리 아들들도 믿지 않는 전설이다.

마이너스통장에, 각종 카드회사
요즘 외상은 형태마저 달라졌지만
그 시절 장사는
외상값 회수에 성패가 달려 있었다.

못 받을 수도 있다는 각오로 내어주는
서민들의 유통구조
부의 재분배가 빈자貧者끼리만의 선의가 아니기를
위만 보며 사는 이들 옆구리라도 찔러보자.
세끼 먹고 남거들랑

언제 받을지 헤아리지 말고, 눈앞에 보이는 대로 그냥
외상 좀 놓고 살자고.

불순한 유혹

- 許筠에게 1

바깥출입을 삼가다 보니
드라마를 자주 시청한다.
중국산 무협영화부터 수사물, 애정극까지
폭력 없는 드라마가 없다.
정의의 실현이라 해도
폭력은 안 된다는 생각과 달리
통렬한 복수 장면에는 속이 후련하다.
그래서일까.
정치인, 재벌들이나 흉악범 재판 결과만 보면
목에 걸린 찰떡 덩에 병원 가던 느낌이다.

사적 복수를 금한 그 적실한 인류의 합의에도
'이에는 이, 눈에는 눈'이 삼삼한 미망迷妄,
평생을 따라온 예수의 발자국을 벗어나고 싶은
불의 혀 같은 유혹의 바람이 불어온다.

교산嶠山이여,

길동이 활빈당 불러
가슴에 천불난 이 시대의 구경꾼들
속 한번 시원하게 풀어줄 수는 없을까요?
한여름에 갈바람이라도 불어오듯.

율도국

- 許筠에게 2

어떻게 하면
지도에도 없는 당신의 섬나라를 찾아갈 수 있을까요?
두 사람이면 아래위를 나누고
세 사람만 모이면 패를 짓는 게 사람의 본성이라는데
폭력과 도둑질까지 익힌 무리 이끌고 가 세운 나라
길동이마저 사대부의 계급의식에 익숙한 터에
차별 없고 수탈 없는 세상의 꿈,
보지 않아도 지금쯤은
원민怨民, 항민恒民, 들쑤시는 호민豪民 등쌀에
골머리 싸안고 잘래잘래 고갯짓하고 있을 게 뻔한데,
그래도
거기 한 번 가보려는 뜻은
나도 그 근처 작은 섬 하나 빌려 볼까 하는
욕심 때문이지요.

100명쯤 자급자족할 섬 하나 있으면
그 섬 주인과 나 사이 주릅 한번 들어주면 고맙겠네요.

요즘 이 땅엔
낳자마자 내버린 애들도 많은데, 그들 가운데
이 땅의 언어를 배우기 전
튼실한 놈 열 쌍쯤 골라 데리고 들어가서
예수, 붓다도 가르치지 말고
우리말사전도 다시 만들어 생각의 실마리부터 바꾼 뒤
함께 일하고, 잘 나눠 먹는 일만 가르쳐 보려고요.
우려하시듯 아마
나도 실패할 성싶지만
시도는 꼭 해보고 싶은데
옆에 있는 아내가 벌써 찬물을 끼얹네요.

"당신 몸 추스르기도 어려운 나이에
그 애들 클 때까지 살아 있기나 할 것 같아요?"

혁명

- 許筠에게 3

조선 사대부 가운데
사람 냄새 나는 단 한 사람, 그래서
내가 제일 좋아하는 교산嶠山이여,
사지가 찢길 만큼
세상 뒤엎을 생각을 한 건 사실인가요?
머리에서 꼬리까지
가죽 다 벗기는 게 혁명인데
동서고금에 혁명에 성공한 사람 누구 있었던가요?
세상은 그대론데
주인만 바뀌는 건 혁명은 아니지요.
아, 교산도 알고 있겠네요?
단 한 사람, 혁명다운 혁명에 성공한 사람,
거 있잖소, 서양 귀신이라는 야소耶蘇라고.
그가 성공한 건 주인 자리 만들지 않고 곧바로 떠나준 까닭이지요.
베드로, 바울 들이 멋대로
또 다른 의자 만드는 통에 좀 삐걱거리고는 있지만

바닥째 뒤엎은 사람 그분밖에 또 있어요?

말년에, 손가락질 받던 大北 패거리에 어울려서라도
능력 있는 서자 친구들도 받쳐주고
요즘도 한창 화두인 적폐 청산도 해보고
'황량한 마을 저녁녘에 울고 있는 늙은 아낙[老妻殘日哭荒村]'
눈물도 씻어주고 싶었겠지만, 설마
임금 자리까지 욕심낸 건 아닐 테고
예나 지금이나, 어느 나라 대통령의 백인우월주의만큼 완강한
기득권 세력에 내몰려 누명 쓰고 비명에 간 것쯤으로
당신의 삶을 이해해도 아주 틀린 건 아니겠지요?

'서울의 잘사는 집에는[長安豪俠家]
구슬에 패물 산더미로 쌓였는데[珠貝堆如阜]'
'짧은 베옷으로 알몸 가리고[赤身掩短褐]

하루 종일 몇 이랑 밭을 가는[一日耕幾畝]'

지금도 사라지지 않는 풍경들

다시 오더라도

섣부른 혁명은 꿈도 꾸지 마시길.

길동이가 열두 번 둔갑을 한다 해도

골목골목 장치된 CCTV 카메라에 드론까지 피할 수는 없을 터

여의도 싸움닭집에 들어가도

299명이 손사래 치는데 무슨 수로 세상을 바꾼다고?

혹 다시 오려거든 초심대로

봉래산이나 들어가 불경을 읽든가

도교의 양생술이나 익히며

예전에 못다 한 여생이나 즐기시라고,

아 참, 그때처럼 여자들 좋아하다간, 이번에는

종신토록 감방을 벗어날 수 없다는 이 땅의 현실

400년 후생의 췌사贅辭 한 말씀 보탭니다.

난難 혹은 란亂

큰 고을 작은 고을
잘 다스려 칭찬받던 전·현직 관찰사
여난女難으로 곤욕을 치른다
이성으로 통제할 수 없는
우리들 육신, 자동발화점의 역치閾値
완벽한 질서는 지극한 즐거움의 파멸이라고
속없는 어깃장이라도 놓아야 할까?
남녀칠세부동석男女七世不同席
그 경계표지를 자꾸만 되돌아보게 하는,
다 함께 훔쳐보는 민망한 시절의
민속화 한 장.

불쏘시개

옆집에서 가져온 햇땅콩을 삶았다.
가장 굵고 빛깔도 고운
먹음직한 꼬투리 한 알
눈길 끄는 대로 덥석 집어
껍질을 까다 보니 속이 텅 비었다. 순간
미워할 수도 예뻐할 수도 없는 고향 후배가
내 의식의 밑바닥에서 헤헤거리며 다가온다.

학벌 세탁하러 외국에 다녀오고
양심이 말을 듣지 않아 병역은 거부한 채
회원도 없는 무슨 시민단체 만들어
평생 남의 뒷덜미만 잡아 오다, 정권 바뀔 때마다
이줄 저줄 잘도 옮겨 다니더니, 어느 날
중앙의 무슨 위원회 위원으로 이름 올린 다음
고향에서 기초의회 의장까지 지내면서, 결국
그렇게 비난하던 사람들 늘 하던 대로 따라하다
큰집 들락거리는

흔히 보는 우리 주변의 익숙한 풍경 한 장

그도 젊은 한때 문학 동아리를 주도하며
시를 썼다,
시보단 시인이라는 이름을 사랑하는, 지금은
시를 쓰지 않는 시인
불쏘시개로 쓰다만 시, 참
난해하다.

소통

'국화꽃'하고 내가 말하자
그도 '국화꽃'하고 맞장구를 친다.
나는 한 해의 마무리를 가늠하고
그는 몸에 좋다는 국화차를 생각하고 있었다.

우리는 자유를, 정의를, 사랑을, 국민을
억양 하나 다르지 않게 주고받으면서, 실상은
나는 그 말들의 함의含意를 잘 펼치지 못했고, 그도 건성건성
되는대로 듣고, 나오는 대로 말하는 듯했다.

그리고
우리는 헤어지면서, 참
유익한 시간이었다고
어깨동무를 한 채 사진을 찍고
뜨겁게, 정말 뜨겁게
악수를 했다.

여론조사 지표

지난여름 홍수에 가축 떠내려가듯
사람들을 표류케 하는 수치의 늪
열에 일곱 번은
내 예상을 외면한다.
말똥구리 쇠똥 굴리듯
세상은 둥글둥글 닮아 가는데, 아직도
나만 외돌고 있는 이 참담한 기분
수십 년 함께하고 있는 향우회 모임
갈 사람 다 떠나고
네댓 명 모이는 자리에서도
혼자 우기다 목만 쉰다.

오늘부터는
이 한 가지만 다짐한다.
생각 같은 건 하지 말고
긴 행렬 쪽으로만 줄서서
장단이나 맞추며
가자는 대로 따라다니기로.

집단 효과

마을 어귀 김 씨네 마당귀에
개 한 마리가 묶여 있다.
개 공부를 안 해봐서 어느 종에 속하는지 모르겠고
흔히 우리 주변에서 볼 수 있는
중간 크기의 특색 없는 개다.

평소에 반기는 태도까지는 아니라도
짖지는 않았는데
오늘 아침에는 나를 보고 죽어라 짖어댄다.
제가 먼저 짖은 건 아니고, 발정기인지
낯선 개 두서넛이 함께 있다가
그들이 짖자 덩달아 짖어대는 정황이다.
무리[群]는 무리無理를 낳고
무리無理는 또 물이物異를 낳고.

늘 점잖고 이성적이던 사람이
정치판에만 들어가면 싸움꾼이 되는 이상한 현실

정치인치고 그래도 믿을 만하다고 방점 찍고 보던
사람이
무슨 당직만 맡으면 할 말 못할 말
킬라우에아 화산 터지듯 광기가 폭발하는 걸 보면,
역시
무리의 효과 같은데
廣場인지 狂場인지 오늘도
떼 지은 군상들이 도로를 메우고 있다.

지난 이야기

까만 밤은 휴전선 철책만큼 견고하고
바람은 내 선 자리를 비껴가지 않더라.
천둥 번개가 나만 겨냥하듯 몰려오던 저녁
어린애 손에 닿은 딱정벌레가 된 내 등 뒤로

“밥은 먹고 다니냐? 끼니 거르지 마라”

양잿물에 옥양목 바래듯
모든 아픔과 슬픔의 색깔을 하얗게 건조 시킨
어머니 한 말씀

그제도 이제도 뒷산에는
가을이면 낙엽 지고
겨울 건너 꽃은 피더라.

사마귀

여기 거꾸로 선 채 열반에 드신
은봉隱峰 스님이 있네
사마귀 암컷으로 화신하여
뽕나무 줄기와 가지 사이
방금 준공한
알집 한 채 남겨두고 내려오는 길
일찍이 기행奇行을 꾸짖던 누이의 화신인
수컷까지 한입에 삼키고 보니
간섭할 아무도 없어 마냥 느긋이
물구나무 해탈을 즐기고 있네.

할 일 마치고
돌아가는 길, 저만큼
죽음조차 뭉때리며 고개 돌리는 여유
'아아, 잣나무 가지 드높아
서리 모를 기상이여.'

이삭줍기

장 프랑수아 밀레의 이삭 줍는 여인들처럼
추수 끝난 들녘에서 이삭을 줍던
어린 날 기억이 있지
룻이 보아스의 밭에서 이삭 줍듯
우리 할아버지들의 밭에도 일부러
이삭을 흘려두기도 했다던데
요즘은 이삭 주울 논밭이 보이지 않는다.

트랙터로 낟알 하나 남기지 않고 추수하는
농촌의 풍경이 그러하듯
구멍가게 코 묻은 돈마저 이삭으로 남기지 않는
문어발 재벌들의 싹쓸이 상술, 세상엔 아직도
이삭줍기가 절실한 서민들은 많은데
말끔히 휩쓸고 지나간 거리에는
쓸 만한 폐지조차 눈에 띄지 않는다.

주울 수 있는 이삭이 있는 땅
거기가 사람 사는 곳인데.

섭리

뒤곁 채마밭에 일찌감치 오이랑 가지, 토마토를 심었다. 때를 놓쳐 작물이 신통찮았던 예년의 실수를 거듭하지 않으려 분에 넘치도록 부지런 떤 셈이었는데, 피기도 전에 목련꽃을 동사凍死시키고 매실 한 알 결실을 허락지 않았던 유난스런 올봄 꽃샘추위에 당하고 말았다.

뜨거운 물에 데쳐놓은 야채 꼴이 되어버린 그들은 버려두고 그 곁에 다시 사온 종묘를 심고 열심히 물을 주고 있는데, 말라버린 기존의 것들에서 여린 새움이 돋아나는가 싶더니 어느새 늦게 심은 것들을 앞질러 풍성한 수확으로 혀를 내민다.

내가 내 눈에 보이는 것만 보는 사이 세상을 정돈하는 보이지 않은 손길, 토마토 한 알 네 힘으로 되는 건 없다는 듯 평생 해보지 않아 두어 평 채마밭 가꾸기마저 힘에 부치는 나를 젖먹이 어르듯 어르고 있다.

차가버섯

요즘 내 하루의 시작은 늘 씁쓸하다.
러시아 여행길에서 아내가 사 온
차가버섯 분말을 탄 차 한 잔
식전 공복에 먹어야 하는
인명재처人命在妻의 지엄한 분부 때문이다.

몸에 좋다는 것보다
입에 좋은 게 더 좋다는 내 항변에
기껏 배려해서 사 온 성의도 몰라본다며
사랑타령까지 덧붙여 윽박지르는 데는
어차피 이길 수 없는 싸움
새벽마다 자진 신고를 하고 있다.

북쪽의 방사포 사거리가 우리 사는 곳
원주까지 미친다느니 하는
연일 계속되고 있는 전쟁 타령
말 한마디에 숙습宿習의 미각까지 바꾸는

세상 아내들의 위력만큼
세상의 전쟁광들을 꼼짝없이 묶어둘
그런 힘 가진 누구
어디 없을까.

셈법

별명이 二三五인
초등학교 오학년 때 내 짝 삼식이
그때까지 구구단을 소화하지 못해
곱하기를 거부하고
더하기만 고집하더니
곱하기 친구들 떠난 고향 땅에서 진동한동
전주를 겨를도 없이 더하기만 거듭하다, 이제는
땅 부자富者 소리 들으며
박사, 석사에 부장, 사장까지
오 남매가 다 곱하기를 잘한다고
환하게 웃는다.

추수 끝낸 김해평야 논두렁 닮은
손에 힘을 담아 헤어지며 하는 말
오늘에 오늘만 더하다 보니 어느새
여기까지 와 있더라고,
깨물다 놓쳐버린 이빨 사이로

세월 함께
바람으로 흘리고.

고추

어제저녁 무렵
앞마당 텃밭에 고추 모종 몇 포기를 심었다.

모판에서 웃자란 탓일까
물을 주다 보니
새벽 세 시쯤의 취객인 양 비틀비틀, 금방이라도
맨땅 위에 드러누울 태세다.

아침에 살펴볼 셈으로
문을 열고 나가며 혼잣말
“고추가 잘 일어서야 할 텐데”

“당신 고추나 좀 세워보시지”
부엌 쪽에서 들릴 듯 말 듯 던지는 죽비소리
아니, 환청인가?

어김없이

토마토 가지가 찢기고
고춧대가 넘어졌다, 간밤
비바람 잠깐 사이.

실시간으로 전해오는 세상 소식
가뭄과 홍수 없는 날이 없다. 마침내 찾아온
코로나 바이러스의 팬데믹 현상
천재니 인재니 말들이 많은데
하늘은 한시도 평상심을 잃은 적 없고
사람도 스스로 재난을 의도한 적이 없다.

꺾인 가지 싸매주고
넘어진 고춧대 세워주다 보니
저녁녘엔 언제 그랬냐는 듯 멀쩡한 채마밭

해 뜨고 해 지고
가뭄 끝에 비 내리고
세상은 무심한 듯 딴청이나 피우고.

쓸쓸함에 대하여

쓸쓸함이 쓸쓸함을 지우려
쓸쓸함을 찾았다.

쓸쓸할수록 수다만 늘어가고
늘어나는 수다만큼 단단해지는
각양각색 서로 다른 쓸쓸함의 외피

쓸쓸함은 친구에게 물었다,
왜 쓸쓸하냐고.
쓸쓸하니까 쓸쓸한 거지
쓸쓸함에 무슨 까닭이 있느냐고

되돌아온 답변이 더 쓸쓸해서
실망한 채 돌아서는 쓸쓸함에게
위로인지 비아냥거림인지 툭 던지는 한마디,

'엘리 엘리 라마 사박다니,

십자가 위의 그 사람에게 한 번
물어보라고.

풀잎의 노래

피었다 시들면 그 자리에 주저앉아 거름이 되고
피었다 시들면 그 자리에 주저앉아 거름이 되고
할아버지 하던 대로 아버지가 따라 하고
아버지 살던 대로 아들이 따라 살고
예사롭던 그 삶에 주름이 잡힌다.

우리 종족들 세계에서 가장 무서운 금기 하나
봄에 아들 얼굴을 직접 보는 일,
내 代에 와서 그 끔찍한 수모
내 아들의 그 여린 손끝에 밀려
가족의 품을 떠나야 할 것 같은 불길한 예감

산성비에 젖은 몸 속살까지 파고들어
피를 말리는 서풍에
레닌이나 김 씨네 父子처럼 박제가 되어
부끄러운 몰골 세상길 떠돌기는 정말 싫은데
내 몸 받아 줄 대지의 표정은 차갑기만 하다.

그대는

썩어야 할 때 썩을 수 없는 자의 절규를 들어보았는가,

모든 썩은 것들만이 영원한 생명의 씨앗이라는

오랜 미래의 그 노래를.

| 해설 |

파릇파릇한 감성과 혁명적 사유의 깊이

고진하 (시인)

1

"모든 피조물에는 변화의 낙인이 찍혀 있다." 중세 수도승인 마이스터 엑카르트의 잠언. 세상에 영원한 것은 없다는 수도승의 잠언이 살갗에 닿은 불도장처럼 뜨겁다. 생물이든 무생물이든 이 생멸生滅의 '변화'를 피할 수 있는 존재가 있던가. 채색이 바뀌는 사계절과 숱한 관계와 인연들, 그리고 생로병사는 다 변화의 간이역들이다. 간이역에는 오래 머물 수 없고, 경적이 울리면 떠나야 한다.

이무권 시인의 새 시집 원고를 다 읽고 난 후 평소 가슴에 새기고 사는 이 잠언이 왜 떠올랐을까. "앞을 바라보니 막다른 골목길 담벼락이 눈썹 끝에 걸려 있다”(〈시인의 말〉)고 인생의 황혼이 물밀 듯 다가옴을 깊이 자각하고 있는 시인의 시편들에서 수도승의 그것과 유사한 공명共鳴이 울려 왔던가.

놓아버리면 가볍게,
아주 가볍게
떠날 수 있을 줄 알았다.

촉촉이 젖은 대지와
새벽이면 온몸을 덮씌우는
하얀 중력

……아무래도
내가 돌아가야 할 곳은
거기밖에 없나 보다,
내 생겨난 처음 그 자리.

- 〈낙엽〉 부분

이 시는 “돌아가야 할 곳은/거기밖에 없나 보다./내 생겨난 처음 그 자리.”라는 결구로 끝맺는데, 흙으로 돌아가는 낙엽을 보며 시인은 자기 존재의 신성한 원본을 떠올리고 있는 것처럼 보인다. 하지만 아무리 그런 자각이 또렷해도 ‘가볍게, 아주 가볍게 떠’나는 건 쉬운 일이 아니다. "새벽이면 온몸을 덮씌우는/하얀 중력" 때문이다. 비록 하얀 안개 방울 같은 중력일지라도 그 중력이라는 단어는 한계상황 속에 있는 존재의 무거움을 상징하는 것이 아닌가. 따라서 너나없이 변화의 간이역에 서 있다가 경적이 울리면 작별의 무거움을 털고 떠나야 하지만, 시인은 그러나 '미안하다'는 말밖에 떠오르지 않는다고 토로한다.

헤어질 때가 되면 작별 인사를 해야 할 텐데
'미안하다'는 말밖에
마땅히 떠오르는 말이 없다.

덕석이든 멍석이든
내 삶의 한자리를 스쳐간 이들 모두에게
내 성마름과 게으름, 그리고 진정을 다하지 않았던 모든 일들,
되갚아주고 싶었던 지극한 아픔까지도 돌아보면
내 아집의 부스러기들
미안하다는 말 한 마디로 다 씻을 수는 없겠지만.
빗물이
계곡의 돌들을 굴리고 모래를 씻어 나르거나
강섶 초목들을 쓸어가는 일이
본의가 아니었다고 항변하지 않듯이

나로 인한 범람을 변명할 생각은 없다.

그 가운데도 가장 마음 쓰이는 한 사람
그는 바로 나다.

- 〈미안하다〉 부분

작별을 앞둔, 불가피한 변화의 시간 속에서, '아집'으로 살아온 지난 삶을 뼈아프게 반성하는 시인은 왜 가장 마음 쓰이는 한 사람이 '나'라고 하는 것일까. "열세 살 소년의 꿈을 삼켜버린 일에서부터/하고 싶은 일,/가고 싶었던 곳,/놀고 싶었던 시간,/사랑하고 싶었던 사람, 내가 나의 가장 두터운 장벽이었"기 때문이라고 한다. 시인은 가장 두터운 장벽인 자신의 유한성을 넘어서고 싶은 것일까. 프리드리히 니체는 '초인'을 말하면서 "인간은 극복되어야 할 무엇"이라고 갈파했다. 그런 자기 극복의 열망은 시인이 선물 받은 양란 몇 분의 시든 꽃을 따주면서 "내가 양란 줄기 잘라주듯/내 늘그막 길 민망한 우치愚痴의 작태를 잘라줄 누구 없을까."(〈양란 화분을 다듬으며〉)라고 스스로 묻는 대목에서 선연히 드러난다. '우치'란 불교에서 사람의 착한 마음을 해치는 세 가지 번뇌[三毒] 가운데 진리를 분별하지 못하는 어리석은 마음을 이르는데, 그

우치의 작태를 잘라줄 사람을 자기 존재 바깥의 어떤 초월적 힘에서 찾고 있는 것일까. 시인은 〈야간열차〉라는 시에서 "낮의 잔영들을 지우지 못하고/가없이 흔들리고 있"(〈야간열차에서〉)다며 자신의 나약한 의지를 드러내기도 하는데, 어쩌면 그것은 시인이 '간절기'를 살고 있기 때문이 아닐는지.

숨어 있던 별들이 밤의 보폭에 맞춰 얼굴 내밀 듯
철든 코스모스 꽃망울이 하나둘 깨어난다.
개미취 긴 허리가 꺾인 채 보라색 웃음을 날리고
사마귀 암컷의 배가 만삭으로 부풀어가는 어름
우화羽化의 기미도 없이 잠자리 떼 높이 날아오른다.
계절의 경계를 주름잡는 아무의 속셈도 없이
저체온증 아침이 바르르 떨고, 멈칫멈칫
어정대는 여름의 뒷덜미가 비에 젖는다.
- 〈간절기〉 전문

시인은 자연의 한 현상인 간절기를 아름다운 시로 보여주면서 자신은 지금 '문화의 간절기'를 살고 있다고 말한다. "COVID-19의 팬데믹 현상에서부터 젠더의 정체성이나 인간의 지능과 그 지능이 만든 또 다른 지능과의 갈등까지 혼효混淆와 천박舛駁으로 나뒹구는 문화의 간절기를 살아가는 시인의 유통언어가 함축과 생략의 절제된 언어일 수만은 없다는 변명이 가능할지 모르겠다."(〈시인의 말〉) 이런 겸허한 엄살에도 불구하고 시인의 언어는 충분히 함축과 생략의 시 문법에 숙달되어 있다.

이무권 시인은 평생 검찰 조직에서 일하신 분인데, 소위 검찰이라는 직업에 대한 내 편견을 송두리째 깨버렸다. 자칫 삶이 건조할 수도 있는 직업 세계에 갇혀 있지 않고 시인이 지녀야 할 파릇파릇한 감성과 치밀한 사유의 깊이를 보여주고 있어서 사실 매우 놀랐다. 이미 세속 연륜으로 여든이 가까운 나이지만, 불평등한 세상에 대한 날선 비판과 정의감, 유토피아에 대한 꿈을 허균이나 예수 같은 분들의 혁명 정신과 교감하고 있다. 더 나아가 그런 교감을 깊은 사색을 통해 젊은 감각과 웅숭깊은 서정으로 빚어내고 있다.

2

인도의 고전인 『우파니샤드』에서는 시인을 산스크리트어로 '크란티다르시'(krantidarsi)라고 부른다. 고대어에서 느낄 수 있는 놀라운 깊이를 보여주는 단어인데, 크란티다르시는 '혁명의 눈을 가진 자'란 뜻. 보통 사람이 볼 수 없는 것을 날카롭고 투명하게 꿰뚫어 볼 수 있는 자가 곧 시인이라는 것이다.

이무권 시인은 '혁명의 눈'을 지닌 시인답게 보통 사람들이 보지 못하는 것을 '꿰뚫어 보고' 있다. 오늘날 눈먼 현대인들이 대책없이 끌려가는, 밝은 세상을 약속하는 자본주의 문명이나 첨단과학의 지향은 결코 '행복의 지름길'이 아니란 것을!

단언컨대
나는 빈문명주의자는 못 된다. 그러나,

도구가 점점 불어나고
인공지능이니 하는 첨단과학이 마냥
행복의 지름길이 아니라는 사실만은 믿는다.
일자리가 줄고
서민들의 삶이 더욱 각박해가는
이 땅의 현실이 증명하듯.

규모와 속도에 밀린
영세자영업자들의 폐업이 속출하고
실업자는 늘어만 가는데,
오랜 보편적 확신 한마디
'가난 구제는 나라님도 못 한다'고 지레
너나 나나 손사래를 치는 판에

어디 한번 시도라도 해보자는 듯
보편적 기본소득까지 화두로 떠올리며
재난지원금도 풀게 한다.

고비늙어 제 몸도 못 가누는
이 땅의 질서, 이쯤에서
날실 씨실 다시 한번 풀고 엮어보라고
지구의 등짝을 내려치는 죽비소리,
깨달음은 멀고…

- 〈죽비소리: COVID-19 斷想 3〉 부분

전 세계 사람들이 COVID-19 감염병을 겪으면서 격리와 단절, 소통 부재의 아픔을 겪었지만, 감염병이 멈칫한 사이 사람들은 그 아픔의 시절을 까마득한 과거로 되돌리고 망각 속에 살아간다. 하지만 시인은 "고비늙어 제 몸도 못 가누는/이 땅의 질서, 이쯤에서/날실 씨실 다시 한번 풀고 엮어보라고/지구의 등짝을 내려치는 죽비소리"를 지금도 생생히 듣고 있다. 이것은 시인이 사람이 살만한 세상을 꿈꾸기 때문일 것이다.

트랙터로 낟알 하나 남기지 않고 추수하는
농촌의 풍경이 그러하듯

구멍가게 코 묻은 돈마저 이삭으로 남기지 않는
문어발 재벌들의 싹쓸이 상술, 세상엔 아직도
이삭줍기가 절실한 서민들은 많은데
말끔히 휩쓸고 지나간 거리에는
쓸 만한 폐지조차 눈에 띄지 않는다.
- 〈이삭줍기〉 부분

시인은 밀레의 이삭 줍는 여인들 그림과 구약성경에 나오는 룻이 보아스의 밭에서 이삭을 줍는 광경을 오버랩시키면서 가진 것이 없는 절대빈곤에 처한 사람들이 '주울 수 있는 이삭'이 남겨져 있는 땅, 그런 곳이 그래도 사람이 살만한 세상이라고 한다. 하지만 부익부빈익빈의 불평등한 세상은 '문어발 재벌들'이 이삭줍기가 절실한 서민들이 주울 수 있는 이삭 한 톨조차 남기고 있지 않음을 신랄하게 고발하고 있다.

〈율도국-許筠에게 2〉라는 시는 차별 없고 수탈 없는 세상에 대한 혁명의 꿈, 곧 유토피아에 대한 강한 열망이 드러난 뛰어난 작품이다.

어떻게 하면
지도에도 없는 당신의 섬나라를 찾아갈 수 있을까요?
두 사람이면 아래위를 나누고
세 사람만 모이면 패를 짓는 게 사람의 본성이라는데

폭력과 도둑질까지 익힌 무리 이끌고 가 세운 나라
길동이마저 사대부의 계급의식에 익숙한 터에
차별 없고 수탈 없는 세상의 꿈,
보지 않아도 지금쯤은
원민怨民, 항민恒民, 들쑤시는 호민豪民 등쌀에
골머리 싸안고 잘래잘래 고갯짓하고 있을 게 뻔한데, 그래도
거기 한 번 가보려는 뜻은
나도 그 근처 작은 섬 하나 빌려 볼까 하는
욕심 때문이지요.

100명쯤 자급자족할 섬 하나 있으면
그 섬 주인과 나 사이 주릅 한번 들어주면 고맙겠네요.
요즘 이 땅엔
낳자마자 내버린 애들도 많은데, 그들 가운데
이 땅의 언어를 배우기 전
튼실한 놈 열 쌍쯤 골라 데리고 들어가서
예수, 붓다도 가르치지 말고
우리말사전도 다시 만들어 생각의 실마리부터 바꾼 뒤
함께 일하고, 잘 나눠 먹는 일만 가르쳐 보려고요.
우려하시듯 아마
나도 실패할 성싶지만
시도는 꼭 해보고 싶은데…

허균이 실패했고 자신의 유토피아에 대한 열망도 실

패하리라는 것을 알고 있지만, 시인의 그런 순수한 상상과 열망은 얼마나 어여쁜가. 시인 옥타비오 파스가 말한 것처럼 "시는 민중의 목소리이자 선민選民의 언어이고 고독한 자의 말"이 아니던가. "예수, 붓다도 가르치지 말고/우리말 사전도 다시 만들어 생각의 실마리부터 바"꾸자는 대목에선, 시인의 혁명에 대한 원대한 꿈은 성패 여부를 떠나 이 땅의 시인 모두의 꿈이 되어야 하지 않을까.

시인은 우리 사회의 경제적 불평등과 차별의 현실을 예리하게 직시하면서 무엇보다 그러한 현실을 바꾸기 위해서는 언어의 혁신이 필요함을 강하게 제기한다. 〈불화의 계보학〉 이라는 작품을 보면, "누구나 가슴 속에 자동번역기 한 대씩 지니고" 사는데, "보편성이 부족하고 표준화가 불가능한 이 기계 때문에" 늘 오독을 저지르고 있다고 말한다. 그러면서 특히 우리 사회의 낡은 이념과 정치인들의 언어가 "오역의 선두주자"라고 일갈한다.

'민주주의' 역시 오역의 선두주자,
'태극기나 촛불을 들고 다수의 군중이 모여 함께 소리치며 즐기는 이 시대 단체유희 형태의 하나'라는 번역문이 뜨고
정치인들 입에서 떠난 일 없는 '국민'은

'범주가 불분명하고 용례가 너무 많은 탓에 과부화로 인한 기계작동 불능'이라는 적신호가 뜬다.
어려운 일 있을 때 늘 내가 하는 버릇대로
하늘 향해 큰소리 외쳐 물어볼 수밖에.
"내 자동번역기 업그레이드해줄, 거기 누구 없소?"

우리의 정치 현실에 대한 시적 대응은 풍자나 조소에 그치는 경우가 많은데, 시인은 그것을 언어의 새로운 혁신이나 구조적 변혁이 아니면 우리 사회가 업그레이드 될 수 없음을 분명히 밝히고 있다. 하지만 조금씩 업그레이드 되는 듯싶다가도 다시 주춤거리는 안타까운 현실 앞에 자신의 애틋한 열망만으로는 한계를 절감하는 듯 시인은 "하늘 향해 큰소리 외쳐 물어볼 수밖에" 없음을 고백한다.

오늘도 하늘은 열리는데
사람이 되지 못한
사람의 허울들만 넘쳐나고
새 하늘은 아직
예고도 없이 지연되고 있다.

- 〈개천절 아침에〉 부분

3

이무권의 이번 시집 원고를 읽으면서 특히 주목한

것은 '예수현상학'이라는 부제가 붙은 3부의 시편들. 이 시편들을 읽다 보면 우주적 영성이 요청되는 시대에 꼭 필요하다고 여겨지는 시의 주요한 요소들이 스며 있다. 우주의 신비, 영적 호기심, 그리고 언어의 에너지에 대한 깊은 관심.

그런데 시인은 왜 우리 시대의 '예수현상'을 드러내려 하는 것일까. 사실 나는 시인을 몇 번 만나면서 교회의 장로라는 직책까지 맡고 있는 그리스도인이라는 길 눈치채시 못했다. 지레짐작하기는 그리스도인이라는 명찰을 착용한 사람은 많으나 진실한 그리스도인이 드문 현실이 안타깝거나 부끄러워 그런 것은 아닐까.

찬송을 부른다, 비장하게
참으로 비장하게 찬송을 부른다,
……
저 아래
고아와 과부, 나그네들 더불어 어우렁더우렁
함께 잘살아보라고 가리키는
손끝은 보지 않고
나를 위해 죽어주신 예수님
눈도장이라도 찍겠다는 듯

그분 얼굴만 쳐다보며
주님을 위해 내가 죽겠다고
목청이 찢어지도록 찬송을 부른다.

예수님이 매달리셨던 이유?
십자가가 기우뚱거린다.

- 〈주를 위하여: 예수현상학 6〉 부분

찬송은 비장하게 부르지만, 예수가 "고아나 과부, 나그네들과 어우렁더우렁/함께 잘살아보라고 가리키는/손끝은 보지 않"는 그리스도인들. 그야말로 말과 행위, 노래와 존재가 일치하지 않는 그리스도인들의 신앙 현상을 비판하고 있는 것이다. 또한 부활절에 보게 되는 "체적도 질량도 없는/영체의 오롯한 자유"는 황홀하지만, 육체의 부활만을 탐해 "거액의 투자와 과시의 시간이 아까운/죄다 뜯어고친 껍데기 치장족治粧族"(〈성형-예수현상학 8〉), 즉 겉만 꾸미기에 혈안이 된 바리사이적 성형 또한 시인의 냉정한 평가를 비켜가지 못한다.

개신교 성직자들의 세습, 타성에 젖은 새벽기도, 개교회 목회자가 곧 하나님의 대리인이라는 잘못된 주입식 신앙 현상들을 일일이 예거하면서 "등 따습고 배

부른 사람들/예수 간판 아래 왕국을 이룬 거룩한 왕자王者들"이라며 천민자본주의의 온상이 된 한국 교회의 타락상을 가차없이 드러내고 있다. 예수현상학이라는 부제처럼 한국 그리스도교에는 '예수현상'만 있고 그 본질은 어디로 사라진 것일까. 오죽하면 시인이 새벽기도에 나가 이런 비나리를 바칠까.

드디어
사람들에게 길든 신들조차
편견과 차별을 배워
사람 따라 줄을 서고
맹문 모르는 폭력에 역성도 든다.

새벽마다 찾아가서
주문처럼 사랑을 고백하는 내 하나님께
오늘 새벽엔
불경스럽게도, 정말 불경스럽게도, 이젠
사람들 욕망에 추임새 넣지 마시고, 이쯤에서
은퇴하시면 어떻겠냐고 빌었다,

붓다도 알라도 브라흐마 삼 형제도 모두 데리고
사람에게 길들어 맞장구에 능하신 신들은
신들의 나라로 가서 신들끼리 사시라고. 다시는

사람들 싸움의 빌미가 되지 마시라고.
사랑의 구실조차 짐 지지 마시라고.
　　　　- 〈어떤 기도〉 부분

시인은 스스로 불경스럽다고 말하지만, 종교인을 자처하는 이들이 거룩한 신의 대의보다는 자신의 욕망을 앞세워 편견과 차별, 폭력을 일삼는 소인배적 종교 현상을 에둘러 비판하고 있다. 조선 사대부 가운데 교산 허균을 '사람 냄새 나는 단 한 사람'이라고 칭송하면서 진정한 혁명가였던 예수에 대한 자신의 생각도 거침없이 털어놓는다.

동서고금에 혁명에 성공한 사람 누구 있었던가요?
세상은 그대론데
주인만 바뀌는 건 혁명은 아니지요.
아, 교산도 알고 있겠네요?
단 한 사람, 혁명다운 혁명에 성공한 사람,
거 있잖소, 서양 귀신이라는 야소耶蘇라고.
그가 성공한 건 주인 자리 만들지 않고 곧바로 떠나 준 까닭이지요.
베드로, 바울 들이 멋대로
또 다른 의자 만드는 통에 좀 삐걱거리고는 있지만
바닥째 뒤엎은 사람 그분밖에 또 있어요?
　　　　-〈혁명: 許筠에게 3〉

혁명에 대한 시인의 이해가 놀랍다. 혁명다운 혁명에 성공한 사람으로 '서양 귀신이라는 야소耶蘇', 즉 예수를 서슴없이 거명하는데, 예수가 혁명에 성공한 건 "주인 자리를 만들지 않고 곧바로 떠나준 까닭"이라고. 그렇다. 노자의 말처럼 예수는 "공을 이룬 뒤 그 공에 머물지 않았다."(功成而不居). 나는 시인의 예수에 대한 이해가 맥락상 해방신학, 민중신학의 예수에 대한 이해에 가깝다고 여겨지는데, "바닥을 뒤엎은 사람 그분밖에 더 있어요?"라는 물음에서 혁명에 대한 인식의 깊이를 느낄 수 있다.

발바닥에 물집이 잡혀 걷기가 힘들다.

아무 데도 못 가게 못 박아 묶어둔
예수의 발바닥은,
이천 년 넘도록 온 세상을 누비고,

이레 만에 찾아온 가섭에게
관 속 싯다르타가 내보인 전심傳心의 표징表徵이
손이 아니라 왜 두 발이었을까.

아득한 화두 하나 저벅저벅
내 정수리를 밟고 지나가는 사이, 언틀먼틀

지금까지 내 발에 밟힌 길들이 한꺼번에 일어서서
나를 덮친다.

물집 터진 발바닥은 오히려 멀쩡한데
등짝엔
진물이 흥건하다.
-〈발바닥〉 전문

시인은 종교적 사유의 낡은 프레임에 갇혀 있지 않고 자유분방하다. 물집 잡힌 발바닥의 아픔을 겪으며 못 박힌 "예수의 발바닥"을 상상하고, "이레 만에 찾아온 가섭에게/관 속 싯다르타가 내보인 전심傳心의 표징表徵이/손이 아니라 왜 두 발이었을까"를 묻는다. 종교의 차이가 차별과 박해와 전쟁으로 비화飛禍되는 잔혹한 세상, 그렇기에 시인의 "물집 터진 발바닥은 오히려 멀쩡한데/등짝엔/진물이 흥건하"게 고이는 것이리라.

4

COVID-19라는 부제가 붙은 4부의 시편들 가운데 유독 눈에 띄는 좋은 작품은 생태학적 관심에서 씌어진 것들이다. 인류 역사상 가장 큰 재앙이었던

COVID-19라는 감염병으로 인해 공장들이 쉬고 비행기들이 멈추고 사람들이 격리되어 집안에 갇혀 있는 동안 산속에 살던 멧돼지나 고라니 같은 동물들이 내려와 사람들이 뜸한 거리를 활보하는 낯선 풍경이 연출되기도 했다. 이런 기이한 풍경 앞에 착잡하고 혼란스럽지 않은 사람이 있었을까.

인디언, 남아메리카 원주민, 아이누족들을 사냥한
강도들이 실세인 오늘 이 땅의 주체들과는 달리
짐승의 땅이면 몰라도
사람의 땅을 도둑질하지는 않았다는 변명에도
나는 어차피
야생의 땅을 훔친 도적의 손자

남의 땅을 훔쳤으면
이미 취득시효가 지난 일이라고
알아듣지도 못하는 주인들에게 항변할 일이 아니라
함께 살자고, 조금만 할애해 달라고, 오히려
이쪽에서 양해를 구해야 도리일 듯,
양식 있는 재판관이 판결을 내린다면, 과연
누구의 손을 들어 줄까?
그런데, 정작
이 녹색별의 소유권확인소송은
어느 법원에서 관할하지?

-〈소유권확인소송; COVID-19 단상 6〉 부분

전 세계인이 겪은 돌림병 시절을 회상하면서 시인은 지구의 약탈자인 인류를 대신하여 자신을 “야생의 땅을 훔친 도적의 손자”라고 고해한다. 『공감의 시대』를 쓴 제러미 리프킨에 따르면, 지구에서 인간이 차지한 땅은 1900년대엔 14%였는데, 2000년에 와서는 77%였다고. 동·식물의 땅까지 인간이 차지하니, 버틸 곳 없는 바이러스가 인간을 습격한 것. 결국 인간은 스스로 저지른 업보를 스스로 받은 것이 아닌가. 따라서 남의 땅을 훔친 인간에 대해 양식 있는 재판관이 있어 판결을 내린다면, ’녹색별 소유권확인소송‘에서 누구의 손을 들어 줄까 라며 시인은 안타까운 의문을 제기한다. 더 나아가 시인은 COVID-19와 관련하여 ’가이아(Gaia)의 복수‘가 시작되었다고. 그렇다. 어쩌면 코로나 바이러스는 지구 어머니 가이아가 자기를 지키기 위한 백신인지도 모른다.

인간의 개체수가 너무 많이 불었다,
오래 살기도 하고.

이 혹성의 최상위 포식자,
핵심족의 게걸스런 위장을 채울 먹이사슬의 뒤틀림,
끝이 보이지 않는 탐욕으로 쌓아가는 바벨탑의 고공행진,
갈수록 강도를 더해가며

살갗이 벗겨지는 아픔을 견디다 못한
녹색별의 반격이 시작되었다.

400년에 걸쳐 유럽 대륙을 단련시킨 페스트처럼
인간의 오만과 탐욕을 제어할 손길은
코로나바이러스 형제들에게 맡겨진 듯 불길한 예감,
백신이라는 임기응변에 매달린 사람들은 아직도
삶의 태도를 반성하는 길은 찾지 않고
우회의 고속도로만 열심히 닦고 있다.

내 눈치만 살피고 있는
마당귀 풀 한 포기마저
나와 동등한 이 땅의 주인으로 받아들이는 일,

미망迷妄의 끝은 아직도 보이지 않고, 하동지동
어지러운 발길들만 부산하다.

-〈포스트 코로나 - COVID-19 단상 9〉

지구 중심의 생태 영성의 길잡이인 토마스 베리 신부는 『지구의 꿈』이란 저서에서 "지구가 인간에게 불친절해지는 것은 우리 인간이 지구와 그 주민들에 대한 예의를 잊었기 때문"이라고 갈파했다. 지구 공동체는 인간 존재보다 거대한 차원인데, 인간이 마치 지구의 주인인 양 오만에 빠져 지구생명체를 파괴함으로

써 '녹색별의 반격'을 받게 된 것. 우리가 이제 예의를 차리는 길은 "마당귀 풀 한 포기마저/나와 동등한 이 땅의 주인으로 받아들이는 일"인데, 첨단을 향해 달리는 산업문명과 물질주의적 생활방식에 중독된 우리가 과연 그럴 수 있을까. 생태신학자인 르웰린 보간니는 "우리 인간 집단이 지향하는 것은 건강한 생태계와 그 다양한 서식처를 지속하는 것보다 유물론적이며 에너지 집약적인 생활방식을 지속하기 위한 것처럼 보인다. 그러나 세계는 그 유물론적 쾌락을 포기할 기미는 전혀 보이지 않는다."(『생태 영성』)고 지적한다.

이처럼 '미망의 끝이 보이지 않는' 한 치 앞을 내다볼 수 없는 파국이 우리 앞에 밀어닥치고 있지만, 그렇다고 삶의 희망을 아예 포기할 수는 없지 않은가. 2000년대 이후 근대문명에서 생태문명으로의 전환이 요구되는 시점에서 이무권 시인은 지구 공동체가 희망을 이어갈 수 있는 하나의 방편으로 '게으름의 미학'을 제시한다.

> 내 게으름을 먹고 자란 풀들이
> 꽃을 피워 씨를 맺고
> 새들은 그 풀씨로 한철 배를 불리는 과정인데
> 나만 사람들 눈치를 살피는 일이

매듭 풀리지 않은 실타래 같다.

세상을 향해 너무 부지런 떨지 말자고, 대놓고
권할 일은 아니지만, 누가 무어라 하든,
내 게으름 위에서 먹고 사는 생명이 있다면
그 게으름을 다시는
부끄러워하지 않아도 되지 않을까?

책방마다 넘쳐나는 처세술의 책갈피 속에
추가로 새겨 넣어야 할 공리 하나,
이 세상 주인임을 자처하는 인간이라는 동물이
게을러지면 게을러질수록
이 땅의 모든 생명체가 행복해진다는
지구촌 운동법칙.

- 〈게으름의 미학〉 부분

그 동안 우리는 '시간은 돈'이라는 논리로, 어정버정 게으르게 사는 것을 자본주의의 적으로 매도해 왔다. 하지만 자資를 본本으로 삼는 삶의 방식은 "인간이라는 동물이/게을러지면 게을러질수록/이 땅의 모든 생명체가 행복해진다는/지구촌 운동법칙."을 거스르는 일. 나는 이 시구에 "자연은 스스로 돕지 못하는 존재가 자신의 왕국에서 살아가도록 허용하지 않는다."는 시인 에머슨의 말을 포개고 싶다.

그리고 시인은 지구를 살리는 또 하나의 방편으로 동심의 회복과 자족과 달관의 유희를 꼽는다.

어느 날 내가
하늘나라에서
나를 지구라는 행성으로 보내신 분과
한 생의 지나온 이야기를 나눌 시간이 주어진다면
그분은 아마도
내 가장 어리석었던 순간의 이야기를 무척
재미있어하실 것 같다,
고향 생각할 때면
가장 따뜻하게 와 닿는 기억이, 모두
어린 날 못난 내 모습이듯.

정직하고 영리하게, 내 딴엔
가장 올바른 판단이라고 자부하며
나누고 잘라 온 메지메지
꿀밤 하나씩 먹이실 듯도 하고,

마당귀에 찾아온 옆집 강아지 두 마리
분양해간 여섯 형제자매 소식을 아는지 모르는지
싸우듯 간질이듯 뒹굴며
오후의 가을 햇살을 즐기는 모습을, 단 하나

이 땅이 존재할 이유라도 되는 양
내게 일부러 보여주시는 것 같다,

잘살려고 아등바등 곁고틀지 말고
그때그때 걸어가는 길 따라
길섶에 핀 쑥부쟁이도 꺾어 보고
방아깨비 뒷다리도 집어 가며
함께 걷는 사람 더불어 즐기다 보면
잘 살았다 박수도 받게 되지 않겠냐고,

삶은, 그려진 그림 따라 걷는 길이 아니라
걷다 보면 그려지는 그림, 그런 유희라고.
-〈삶〉 전문

이 시는 발문을 쓰는 동안 내 마음을 무척 상연爽然하게 만든 작품. 더 '잘살려고 아등바등 곁고틀'었던 지난날의 삶, 자기를 지구라는 행성으로 보낸 하늘나라 큰 어른과 어리석었던 철부지 적 이야기도 나누면서, 큰 어른에게 맞는 '꿀밤'도 흔감하면서, 남은 생을 살기를 시인은 소원하고 있다. 그것은 곧 사람의 처음 마음인 '동심'을 회복하고, 탐진치의 욕망에서 자유로워지는 '자족'의 길일 것이다.

더 나아가 "삶은, 그려진 그림 따라 걷는 길이 아니

라/걷다 보면 그려지는 그림, 그런 유희"라고 노래하는데, 그것은 곧 달관의 자리에서만 누릴 수 있는 유희일 것이다. 무릇 달관이란 인생의 진리를 꿰뚫어 보아 사소한 일에 집착하지 않고 넓고 멀리 바라볼 수 있는 마음가짐이 아닌가. 세상 속에 살면서 정의가 강물처럼 흐르지 않는 세상을 뒤집어엎기 위해 몸부림쳤으면서도 자신은 "세상에 속하지 아니하였다"(요한복음 8: 23)고 한 예수처럼 살겠다는 담담한 마음가짐! 물론 세상은 계속 파도처럼 흔들리겠지만, 세상을 그대로 내버려두고 파도와 함께 흔들리며 가겠다는 아름다운 다짐이 아니겠는가.

시인의 다채로운 시편들과 연애하듯 사귀는 동안 잰걸음으로 온 봄이 또 잰걸음으로 가고 있다. 만화방창 봄꽃들이 후다다닥 피었지만 벌나비들의 웅웅거림이 잘 들리지 않는 침묵의 봄. 이런 처연한 시절에도 "함께 늙어가는 아내랑 단둘이 마주 앉아/고구마로 대충 때우는 한 끼가/희수연 잔칫상만큼 넉넉하고/욕탕에 알몸 맡긴 듯 편안하다."(〈분수〉)는 시인과 같은 하늘 아래 납교納交할 수 있어 마냥 무흣하다.□

시와함께(Along with Poetry) 시인선 029

이무권 시집

간절기

발 행 2023년 6월 18일

지은이 이무권

펴낸이 양소망

펴낸곳 도서출판 넓은마루

주 소 (03132) 서울특별시 종로구 삼일대로 30길21, 410호(낙원동, 종로오피스텔)

전 화 02-747-9897, 010-7513-8838

이메일 withpoem9@dauml.net

출판등록 제2019호-000100호

인쇄 · 제본 (주)지엔피링크

ISBN 979-11-90962-34-6(04810) 979-11-90962-04-9 (세트)

값 12,000원

이 시집은 강원도, 강원문화재단 후원으로 발간되었습니다.